#39

D0675445

Incendie criminel

Incendie criminel

Carol Ellis

Traduit de l'anglais par
MARIE-ANDRÉE WARNANT-CÔTÉ

Les éditions
Héritage inc.

Données de catalogage avant publication (Canada)

Ellis, Carol, 1945-

Incendie criminel

(Frissons; 39)
Traduction de: The stepdaughter.
Pour les jeunes.

ISBN: 2-7625-7594-X

I. Titre. II. Collection.

PZ23.E45In 1994   j813'.54   C94-940122-6

Dépôts légaux: 1er trimestre 1994
Bibliothèque nationale du Québec
Bibliothèque nationale du Canada

ISBN: 2-7625-7594-X   Imprimé au Canada

LES ÉDITIONS HÉRITAGE INC.
300, Arran, Saint-Lambert (Québec) J4R 1K5
(514) 875-0327

FRISSONS ᴹᶜ est une marque de commerce des éditions Héritage inc.

Chapitre 1

Dans sa chambre, Livia Pagé soulève sa tête de l'oreiller et écoute.

Des pas montent l'escalier.

Vivement, elle balance ses jambes par-dessus le bord de son lit et s'assied. Il est dix-huit heures. Elle avait l'intention de s'étendre pour quelques minutes seulement, mais elle a dérivé dans un demi-sommeil.

Les pas dépassent la chambre d'amis, puis hésitent à la chambre des maîtres.

Livia pensait être seule dans la maison. Mais quelqu'un est en train d'avancer dans le couloir, ne prenant pas la peine de ne pas faire de bruit.

Marchant comme s'il était chez lui.

Les pas deviennent plus sonores, résonnant sur le plancher de bois poli. Livia se lève. Ses genoux fléchissent et elle manque de retomber sur le lit. Mais les pas sont encore plus bruyants. Il est presque arrivé à sa chambre. Durant les quelques secondes précédant le moment où il atteindra la porte, Livia se précipite de l'autre côté de la chambre, ses pas amortis par le tapis épais.

Il s'arrête de l'autre côté de la porte.

Livia peut l'imaginer collant sa tête à la porte, écoutant. Elle retient son souffle. Elle entend son cœur battre lourdement dans ses oreilles. L'entend-il, lui aussi?

Brusquement, il frappe à la porte.

Livia sursaute et s'entend pousser un cri. Une sorte de gémissement aigu. Il l'a sûrement entendu. Elle jette un regard circulaire, mais il est trop tard pour se cacher maintenant.

La porte s'ouvre et Livia le voit. Ce n'est pas un rôdeur. Ce n'est pas un cambrioleur ou un monstre. C'est seulement un homme d'âge moyen avec des cheveux châtains, clairsemés, et des sourcils perpétuellement levés qui lui donnent un air interrogateur.

C'est le beau-père de Livia, Alain Richer.

Richer fait un pas dans la chambre, mais il laisse sa main sur la poignée. Le dos de sa main porte une tache de naissance qui ressemble à une petite carte de l'Afrique.

— C'était si tranquille, ici, dit-il, je croyais que tu t'étais endormie. Je suis désolé si je t'ai effrayée.

Livia secoue la tête. Il a dû entendre son gémissement, mais elle n'avouera pas avoir eu peur.

— Un examen? demande Richer, ses doux yeux bruns lorgnant le livre d'espagnol posé sur le bureau près d'elle.

— Peut-être, répond Livia en saisissant le livre. Je le saurai demain.

— Oh! Ton professeur vous a menacés d'un test surprise, hein? mentionne Richer. Je détestais ça.

Livia décide que cela n'exige aucune réponse. Elle continue à le regarder, son expression restant neutre. Son air «beige» comme elle l'appelle. Ça va avec tout. Les gens peuvent l'interpréter comme ils veulent. Habituellement, ils décident que vous ressentez la même chose qu'eux.

Richer penche la tête sur son épaule, une habitude à lui.

— Ta mère et moi allons souper au restaurant. Elle t'en a déjà parlé, je sais. Elle m'a dit que tu as décidé de ne pas venir, mais je voulais voir si tu n'avais pas changé d'idée.

Attentionné. Comme dans «Il est un homme si attentionné, Livia, je crois que tu vas vraiment l'aimer.» C'était l'une des phrases que la mère de Livia avait dites au sujet d'Alain Richer quand elle avait décidé de se remarier. Pour Livia, il semblait étrangement toujours *trop* attentionné. Comme si ce n'était pas naturel, mais qu'il jouait la comédie.

— Les enchiladas sont en spécial, ce soir, poursuit Richer. C'est ce que tu préfères, n'est-ce pas?

— Je dois vraiment étudier, Alain, dit Livia en tapotant son livre. Je me préparerai quelque chose à manger tout à l'heure. Merci quand même.

— Alain? appelle Patricia Richer au bas des escaliers. J'ai faim, allons-y. Livia? Viens-tu?

Il y a une tonalité d'espoir dans sa voix. Livia n'aime pas décevoir sa mère, mais elle est allée manger une pizza avec eux quatre jours plus tôt, et elle a soupé en leur compagnie presque chaque soir. Sa mère ne peut pas se plaindre.

— Elle étudie ! lance Richer. (Il se retourne vers Livia.) On te rapportera des enchiladas. Tu pourras les manger demain, si tu as déjà soupé quand on rentrera.

Avec un grand sourire, il sort de la chambre, refermant la porte derrière lui.

« Pourquoi fait-il toujours de si gros efforts ? » se demande Livia. Elle attend que la maison soit à nouveau silencieuse. Puis elle s'assied à son bureau, les coudes sur son livre d'espagnol, le menton dans ses mains, les yeux fermés.

— Promets que tu lui donneras une chance, avait dit sa mère.

— Personne ne te demande de l'aimer, avait dit sa thérapeute.

— Je ne m'attends pas à remplacer ton père, avait dit Richer.

Livia ouvre les yeux et regarde une photo épinglée au-dessus de son bureau. On y voit Guillaume Pagé, son père, peu de temps avant la crise cardiaque qui devait l'emporter subitement deux ans auparavant. Il était grand et faisait un peu d'embonpoint ; il avait des cheveux épais et des yeux gris dont Livia a hérité. Elle l'aimait tant et, quand il est mort, elle s'est sentie perdue. « C'est normal », avaient-ils tous dit. « Ça prend du temps, avaient-ils dit, il n'y a aucune limite à la période de deuil, et aucune règle sur la façon dont ça se passe. » Ils avaient dit ça après que Livia ait cessé de manger et de dormir, après qu'elle se soit retrouvée à l'hôpital. Puis il y avait eu des mois de thérapie avec le docteur Hélène Caron, que Livia consulte encore de temps en temps.

Livia sait qu'elle ne s'est pas remise de la mort de son père. On ne se remet pas d'une chose pareille, on apprend juste à vivre avec.

Ce avec quoi elle ne peut vivre, c'est Alain Richer.

Quand sa mère a commencé à le fréquenter, Livia savait qu'elle était préoccupée. Préoccupée que Livia ne retombe malade. C'est ce qui s'appelle marcher sur des œufs! Mais Livia n'avait pas l'intention de s'effondrer. Elle s'attendait à ce que sa mère sorte, se marie même à nouveau, et elle ne percevait pas ça comme une trahison à la mémoire de son père. Elle était forte à nouveau; elle n'était tout juste pas assez forte pour encaisser l'homme que sa mère a épousé.

Assez! Livia éteint la lampe du bureau et se lève. Combien de temps a-t-elle? Une heure, une heure et demie? Assez de temps pour manger, regarder un peu la télévision, et être de retour dans sa chambre pour étudier avant le retour de sa mère et de son beau-père. Si elle est chanceuse, elle n'aura pas à le revoir avant le lendemain.

Le téléphone sonne au moment où Livia met de la laitue dans son sandwich au thon. C'est son amie, Martine Ryan, qui lui pose des questions au sujet du cours d'histoire.

— Je dois m'être endormie en classe, dit Martine. Les yeux ouverts! En tout cas, il y a ce grand espace vide dans mon cahier. As-tu réussi à rester éveillée assez longtemps pour tout prendre en note?

Livia sourit. Il manque peut-être quelques phrases à Martine, mais ce n'est pas la raison principale de son appel. Elle veut surtout rester en contact, s'assurer que Livia va bien. Même si elles se voient à l'école, Martine l'appelle toujours. Elle est restée fidèle à Livia à travers les épreuves de la mort de son père, de sa dépression, du remariage. Elle est une bonne amie.

Livia court chercher son cahier d'histoire. Elle commence à manger son sandwich au thon tout en lisant ses notes.

— Parfait! dit Martine. J'ai tout, merci! Si monsieur Sirois me pose une question, je serai prête. Je t'entends mâcher. Êtes-vous en train de souper?

— Juste moi, répond Livia. Maman et Richer sont sortis.

— L'appelles-tu encore comme ça? Richer? demande Martine.

— Seulement quand je suis polie, dit Livia en riant.

Martine ne rit pas.

— C'est une blague, reprend Livia. De toute façon, tu sais ce que je pense de lui.

— Depuis combien de temps sont-ils mariés maintenant? Quelques mois? demande Martine.

— Deux mois et demi.

— C'est juste. Et rien n'a changé?

— Bien, maman est heureuse à nouveau, dit Livia. Écoute, je n'y peux rien. Je sais que tout le monde pense qu'il est le gars le plus merveilleux sur cette terre...

— Personne n'a dit ça, l'interrompt Martine.

12

C'est seulement qu'il est vraiment gentil. Il a le sens de l'humour; il traite les jeunes comme des personnes, pas comme des extra-terrestres; il est... je ne sais pas... un gars correct. Vraiment correct.

— Ouais, dit Livia.

— Alors, pourquoi ne l'aimes-tu pas? demande Martine, pour la nième fois. Qu'est-ce qui te fait penser qu'il est le beau-père venu de l'enfer?

Livia soupire. Elle n'a pas vraiment envie d'en parler. D'un autre côté, elle ne peut mettre le doigt sur la raison qui l'empêche d'aimer Alain Richer. C'est instinctif, suppose-t-elle.

— Tu n'es pas obligée de l'aimer, dit Martine. Oublie ce que j'ai dit.

— Ça va, dit Livia. Je sais que tout le monde pense que je suis folle de ne pas l'aimer.

— Personne ne pense que tu es folle, dit vivement Martine, qui ajoute moqueusement: un peu bizarre, peut-être.

— Ça, c'est moi: Olivia Pagé, la bizarre! déclare Livia en riant.

Après avoir raccroché, Livia allume la télévision posée au bout du comptoir. Sa mère disait qu'elle avait toujours voulu regarder les émissions du matin en faisant le café et en préparant son lunch. La télévision a été un des premiers achats de Richer lorsqu'il a emménagé avec elles. Pas une mauvaise idée, Livia déteste l'admettre.

Reprenant son sandwich, Livia s'installe avec la télécommande et commence à zapper d'une chaîne à l'autre. Elle regarde brièvement un film. Un homme et une femme, ayant visiblement des problèmes. Des couples qui se séparent lui font immanquablement penser à Robert Simard. Leur amour n'a pas survécu aux problèmes de Livia. Elle a finalement décidé que c'était aussi bien ainsi, mais elle ne peut s'empêcher de s'ennuyer parfois de Robert. Elle change de chaîne.

Les fugitifs de la Justice commence. Livia l'a regardée quelques fois. Chaque semaine, l'émission parle d'un criminel qui n'a pas encore été capturé. On recrée le crime, des policiers sont interviewés, des photographies sont montrées, cela se termine en demandant à toute personne qui aurait des renseignements au sujet du criminel de téléphoner à un numéro spécial. Livia sait que tout est vrai, mais elle ne peut tout à fait y croire. Elle a l'impression de regarder une dramatique écrite pour la télévision.

Le crime recréé ce soir-là implique un double meurtre.

« *Meurtres à Trois-Rivières*, entonne l'animateur. *Il y a quinze ans, les corps de Suzanne Clet et de Camille, sa petite fille de huit ans, ont été retrouvés sans vie dans leur modeste maison de la rue Louis-Franquet. Leur mort a été provoquée par l'inhalation de fumée.* »

Il y a une photographie d'une petite maison aux pierres blanches salies par le feu et l'eau. Sur l'écran, la photographie est remplacée par une image vidéo de deux hommes sortant une civière par la porte d'entrée de la même maison. Sur la civière, une petite forme est couverte par une bâche.

Livia va chercher du lait dans le réfrigérateur. Elle ne veut pas vraiment voir les corps, couverts ou non. Elle écoute, tout en versant du lait dans un verre.

« *Ces morts ont bouleversé les voisins*, continue l'animateur. *Ils appréhendaient d'apprendre la triste nouvelle au mari et beau-père, Adam Clet.* »

Livia s'appuie au comptoir pour boire, écoutant sans regarder. Elle ne veut pas non plus voir des gens pleurer devant une maison brûlée.

« *Mais le choc et la tristesse, naturels quand deux personnes, dont un enfant, meurent soudainement, se transformèrent en perplexité, en suspicion et, finalement, en indignation*, dit l'animateur. *Deux jours après la mort de sa femme et de sa belle-fille, Adam Clet fut accusé par la police d'avoir provoqué l'incendie qui tua Suzanne et Camille. Il ne revint jamais chez lui lors de cette nuit fatale. Aujourd'hui, quinze ans plus tard, Adam Clet est toujours un fugitif de la Justice.* »

Le thème musical de l'émission annonce une pause commerciale. Livia révise ses notes d'histoire. Quand *Les fugitifs de la Justice* reprend, elle continue à lire, écoutant distraitement l'émission.

— *On ne saura jamais vraiment, mais nous croyons qu'il a fait ça pour l'argent de l'assurance-vie*, dit une voix d'homme. *Quand Suzanne l'épousa, elle l'inscrivit comme deuxième bénéficiaire. Camille était le premier bénéficiaire.*

— *Mais Camille n'avait que huit ans*, intervient l'intervieweur. *Clet n'aurait-il pas géré l'argent ?*

15

— *Non, un avocat en aurait eu la gestion jusqu'à ce que Camille ait vingt et un ans*, dit l'homme. *Suzanne Clet n'était pas riche. C'est tout ce qu'elle pouvait léguer à sa fille, et elle voulait être sûre que sa fille l'ait.*

— *Suggérez-vous qu'elle n'avait pas confiance en Adam Clet?* demande l'intervieweur. *Et en passant, qu'en est-il du père biologique de Camille?*

Encore affamée, Livia se lève et fouille dans le garde-manger. Tandis qu'elle s'efforce d'ouvrir un sac de biscuits au chocolat, elle entend que le père biologique de Camille était mort dans un accident de voiture et que, non, la police ne pensait pas que Suzanne se méfiait de Clet. Elle voulait seulement s'assurer que personne ne ferait un mauvais emploi de l'argent qu'elle laissait à sa fille.

— *Combien Adam Clet aurait-il eu?* demande l'intervieweur.

— *Cent mille dollars.*

— *À notre retour,* annonce l'animateur, *vous verrez ce qui n'a pas fonctionné dans le plan d'Adam Clet. Et nous examinerons de plus près cet homme qui, pour cent mille dollars, tua sa femme et sa belle-fille.*

«Vous parlez d'un beau-père sorti de l'enfer», se dit Livia, en se rasseyant. Elle lit durant la pause commerciale, et puis referme son cahier de notes quand l'émission reprend. Sa curiosité est piquée, maintenant.

Il est évident que la curiosité des policiers et des enquêteurs avait été piquée, elle aussi, particulièrement quand ils découvrirent des traces d'essence à briquet sur le tapis de la chambre des maîtres. Plus tard, des autopsies révélèrent que Suzanne et Camille avaient toutes deux été droguées.

Et bien sûr, il y avait le fait particulièrement étonnant qu'Adam Clet n'était pas rentré chez lui. Acheteur pour une chaîne de quincailleries, il était supposément en voyage d'affaires. En fait, il *était* en voyage, il était juste parti un peu plus tard, après avoir mis le feu. Son plan était de recevoir un appel horrifié de son patron, ou d'apprendre la nouvelle à la télévision et de revenir en catastrophe. Mais il était censé revenir vers une maison rasée et vers des corps qui ne pourraient être identifiés que grâce à leur dentition. Il n'avait pas prévu qu'un voisin insomniaque apercevrait l'incendie. Quand il se rendit compte qu'il y avait assez d'indices pour susciter les soupçons des policiers, il ne revint tout simplement pas.

— *Quatre jours après l'incendie, la voiture d'Adam Clet fut découverte dans le terrain de stationnement de l'aéroport le plus proche*, dit l'animateur. *Le personnel d'une ligne aérienne fut à même de l'identifier sur une photographie, et une liste des vols de la journée permit d'apprendre qu'il était parti pour Toronto.*

Là, sa piste s'arrêtait brusquement.

Un cliché de l'aéroport de Toronto s'efface, et une autre photo apparaît à l'écran — la photo d'un homme dans la vingtaine, souriant à l'objectif. Adam Clet. Il est appuyé contre un arbre, ses mains à moitié entrées dans les poches de ses jeans. C'est une photo légèrement brouillée, et Livia cligne des yeux pour mieux voir. Les cheveux d'Adam Clet sont châtain clair et droits. Il a une moustache, un peu plus foncée que ses cheveux. Sa main droite a quelque chose qui ressemble à une tache de saleté. Tandis que l'écran montre un plan rapproché du visage de Clet, Livia cherche son verre de lait sans regarder. Sa main renverse le verre, répandant un flot de lait sur la table. Livia l'entend éclabousser le sol, mais elle ne bouge pas.

Ses yeux ne quittent pas l'écran.

Les sourcils d'Adam Clet sont plus foncés que ses cheveux et ils sont levés. Cela plisse son front et lui donne une expression perplexe, en dépit du sourire. Sa tête est penchée vers la droite.

— *Cette photographie d'Adam Clet fut prise six mois avant qu'il ne tue sa femme et sa belle-fille*, dit l'animateur. *Il avait vingt-neuf ans. Grâce à la technologie informatique de pointe, nous pouvons avoir une idée de son apparence aujourd'hui, quinze ans plus tard, à quarante-quatre ans.*

Le flot de lait n'est plus qu'un égouttement. Livia peut l'entendre. Elle peut entendre le bruit sourd de l'horloge à quartz au-dessus de la cuisinière et le ronronnement du moteur du réfrigérateur. Elle se rend compte qu'un souffle d'air frais passe sous la porte arrière, et elle sent l'odeur du thon qui est dans son assiette. C'est comme si tous ses sens étaient soudainement aiguisés.

Mais ce sont ses yeux qui sont le plus actifs,

tandis qu'elle regarde la photographie du Adam Clet vieilli électroniquement.

« Ils ont enlevé la moustache mais ils se sont trompés », pense-t-elle. Il perd ses cheveux, mais pas comme ils le montrent. Ses cheveux n'ont pas disparu de son front et de ses tempes, ils sont plutôt clairsemés de partout, de sorte qu'on voit des parties luisantes de cuir chevelu ici et là.

Ils ont oublié les sourcils levés. Bien sûr, ils ne le connaissent pas aussi bien que Livia. Ils ne savent pas que ses sourcils sont presque toujours levés, comme si des cordes invisibles les tiraient. Ils ne savent pas que pencher sa tête est une habitude inconsciente.

Livia ignore où Adam Clet est allé après que les policiers aient perdu sa trace à Toronto, mais elle sait où il est présentement. Elle sait aussi de quoi il a l'air : un homme de taille et de masse moyennes. Un homme d'apparence ordinaire, sans traits distinctifs, excepté ses sourcils levés et sa tête penchée, et la petite tache de naissance sur le dos de sa main droite. Il est agent immobilier. Il est estimé par tous ceux qu'il rencontre. Tous, sauf Livia.

Adam Clet est Alain Richer, son beau-père.

Chapitre 2

L'émission est interrompue par une bruyante annonce d'un concessionnaire d'une marque d'automobiles. Livia fixe aveuglément la télévision tandis qu'un vendeur crie frénétiquement les louanges des derniers modèles. Puis, elle se secoue.

C'est impossible.

Où que soit Adam Clet, il ne vit pas ici avec Livia et sa mère. Cela ne se peut pas. Livia n'aime pas Richer, mais cela n'en fait pas un meurtrier. Peut-être que c'est *parce qu'elle ne l'aime pas* qu'elle est prête à voir une ressemblance entre lui et Adam Clet. La ressemblance est frappante, et après ? Nous sommes tous censés avoir un jumeau quelque part dans le monde.

Les portraits d'Adam Clet réapparaissent dans son esprit mais Livia les efface. Elle commence à essuyer le lait répandu, tout en guettant le retour de l'émission. Mais avant la fin de la pause commerciale, elle entend un déclic et le grondement de la porte du garage s'ouvrant lentement. Au même moment, une voiture fait crisser le gravier de l'entrée, et Livia voit la lumière des phares balayer les fenêtres de la cuisine. Sa mère et son beau-père sont de retour.

Rapidement, Livia range les biscuits et met son assiette et son verre dans le lave-vaisselle, fermant la porte si fort qu'elle rebondit. Elle se force à la refermer soigneusement. Puis, tandis qu'elle entend la porte du garage se refermer, elle se rappelle la télévision.

Les fugitifs de la Justice est de retour. Au bas de l'écran est inscrit le numéro de téléphone spécial permettant aux gens d'appeler s'ils ont des renseignements au sujet d'Adam Clet. Au-dessus, il y a deux photographies, celle où Adam Clet a vingt-neuf ans, et celle où il a été vieilli par informatique. Livia s'immobilise une seconde, fixant l'écran.

Elle ne peut croire à quel point les photos ressemblent à Richer.

Livia éteint la télévision, au moment même où la porte de cuisine s'ouvre. Richer et sa mère entrent.

— Bonsoir, ma chouette, dit Patricia. On t'a apporté des enchiladas.

— Fromage et poulet, dit Alain Richer en montrant un sac.

— Oh! Merci, dit distraitement Livia.

Elle regarde la main de Richer, celle qui a une tache de naissance. Puis ses yeux remontent vers son visage.

Soudain, elle voit le visage d'Adam Clet, comme s'il était surimprimé sur celui de son beau-père.

— C'est quoi le problème, Livia? demande Richer.

Livia se rend compte qu'elle le dévisage. Mais ils se ressemblent tellement.

Elle cligne des yeux, forçant l'image à s'en aller, et dit la première chose qui lui passe par la tête.

— J'ai cru que tu avais un morceau de tomate au coin de la bouche. Mais ce n'était qu'une ombre.

Richer frotte sa bouche avec la main, et Livia remarque à nouveau la tache de naissance. D'où elle est, ça n'a pas du tout l'air d'une carte de l'Afrique. Ça a l'air d'une tache de boue séchée.

Comme celle sur la photographie d'Adam Clet.

Livia se dit d'arrêter d'y penser. Ils ne peuvent être le même homme. Beaucoup de gens ont des verrues, des grains de beauté ou des taches de naissance sur les mains. Ce n'est qu'une autre coïncidence.

— Livia, qu'est-ce que tu as? demande sa mère, d'un ton ennuyé. Ça fait deux fois que je te demande si tu veux prendre un café avec nous.

— Oh! Pardon, dit Livia. Hum! Non, pas de café, maman. Il vaut mieux que j'aille étudier.

Elle leur montre son cahier de notes, puis quitte la cuisine.

Dans sa chambre, Livia flanque son cahier sur son lit. Elle connaît la matière, mais elle va étudier quand même. Cela va l'empêcher d'avoir des pensées idiotes comme celle que son beau-père est Adam Clet.

Bien sûr qu'il n'est pas Adam Clet. Adam Clet vit probablement à Montréal ou à Vancouver. Une grande ville où il peut être anonyme. Il ne serait pas assez stupide pour s'installer dans une petite ville et se remarier.

Livia ouvre son cahier. Elle entend tout à coup des voix à la télévision en bas dans la cuisine. Elle s'assied si vite qu'elle peut sentir le sang quitter son visage. Elle n'a pas changé de chaîne ! *Les fugitifs de la Justice* se poursuit, et elle n'a pas changé de chaîne ! Font-ils un résumé à la fin ? Alain Richer, assis là en train de boire du café, verra-t-il son propre visage à l'écran ? Devinera-t-il que Livia regardait l'émission et s'inquiétera-t-il qu'elle l'ait reconnu ?

Ceci est ridicule ! Ils ne sont pas le même homme ! Elle souffre juste d'une imagination débordante, c'est tout. Pourtant, elle ne peut s'empêcher d'aller jusqu'à la porte de sa chambre et de l'entrouvrir.

Deux hommes discutent, se coupant la parole, élevant la voix. Livia entend : « la majorité libérale » et « la décision du Sénat ». C'est une émission politique, une des préférées de son beau-père.

Soulagée, Livia referme la porte. Elle reprend son cahier. Si elle se concentre assez, peut-être oubliera-t-elle ce qu'elle a vu à la télévision.

Elle a tort au sujet de Richer, il le faut.

Parce que, si elle a raison, alors elle et sa mère vivent avec un meurtrier.

Chapitre 3

Les jours suivants, Livia met tout en œuvre pour effacer ces pensées de son esprit. Mais elles reviennent toujours. Alors, son cœur s'affole et ses mains deviennent moites.

— *Adam Clet est toujours un fugitif de la Justice*, a dit l'animateur.

Son beau-père peut-il être un meurtrier? S'il en est un, y pense-t-il encore? Comment se sent-il quand on le regarde fixement ou qu'on utilise une expression comme «tuer le temps»?

Livia sait qu'elle devrait en parler à quelqu'un. Probablement que de le dire tout haut ferait disparaître tout doute.

Le samedi matin, Livia téléphone finalement à Martine.

— Es-tu folle? As-tu complètement perdu la tête?

La voix de Martine est stridente d'incrédulité.

— Écoute, je suis désolée, continue Martine d'un ton plus normal. Ce n'est pas ce que je voulais dire, mais, mon Dieu, Livia!

— Je sais que ça semble fou, dit Livia. Mais, Martine, je te jure que Richer a exactement l'apparence de cet homme.

Livia est seule à la maison. Sa mère est allée chez le coiffeur et Richer fait visiter des maisons. Selon la note laissée par sa mère, ni l'un ni l'autre ne sera de retour avant le souper. Livia a regardé le téléphone durant quinze minutes avant de se décider à appeler Martine, mais elle l'a finalement fait. Il lui faut se confier à quelqu'un, et il est hors de question que ce quelqu'un soit sa mère.

— Livia, je sais que tu n'aimes pas cet homme. Je ne comprends pas pourquoi, mais ne parlons pas de ça pour l'instant, dit Martine, parlant doucement comme quelqu'un qui essaie de raisonner une personne sur le point de se jeter en bas d'un pont. Mais tu ne peux accuser quelqu'un de meurtre juste parce qu'il se trouve à ressembler un peu au vrai meurtrier. Ton beau-père est très ordinaire. Il ne se remarque pas dans une foule.

— Je ne l'accuse pas, dit Livia. Mais il ressemble plus qu'*un peu* à Adam Clet.

— Ce qui signifie qu'il ressemble à un million d'autres hommes, dit Martine. Et un million d'autres hommes lui ressemblent.

— Tu veux dire que c'est une pure coïncidence.

— Exactement. De plus, même si tu ne l'aimes pas, il n'a jamais dit ou fait quoi que ce soit qui te fasse penser qu'il est une sorte de meurtrier fou, n'est-ce pas ?

— Tu veux dire comme empoisonner le chien du

voisin ? demande Livia avec exaspération. Martine, je n'ai pas dit qu'il est un tueur psychotique qui se fait des mères et des belles-filles en série. Peut-être qu'il veut une vie normale, maintenant. Excepté qu'il veut la vivre avec *nous* !

— Je pensais que tu avais dit que tu ne l'accusais pas, lui rappelle Martine.

— Je ne l'accuse pas ! Je ne fais que … je ne sais que penser, dit Livia.

— Livia, allons. Il est gentil. Tout le monde l'aime, dit Martine. Pourquoi penser que quelqu'un comme lui aurait un côté obscur ?

— Beige, dit Livia.

— Quoi ?

— Rien.

Livia se rend compte que si Richer est Clet, alors il doit utiliser l'air beige, lui aussi. Gentil et ordinaire, pour ne pas attirer l'attention.

— Ne te fâche pas, mais je pense que tu te trompes complètement, dit Martine. Tous ceux qui le connaissent pensent qu'il est formidable. Ta mère l'a épousé, souviens-toi. Tu penses qu'elle est une idiote ? Si tu te donnais la peine de mieux le connaître, tu le trouverais formidable, toi aussi.

Martine se tait et s'éclaircit la voix. Livia peut presque la voir tourner une mèche de cheveux avec son doigt.

— Vas-tu parler de tout ça avec le docteur Caron ? demande Martine.

— Oh ! Martine ! s'exclame Livia. Tu penses que je devrais voir ma psy ? Tu penses que je perds la boule à nouveau ?

— Je n'ai pas dit ça! proteste Martine. Ne me fais pas dire ce que je ne dis pas. Mais elle pourrait peut-être te convaincre de mieux le connaître et de lui donner une chance.

— Hélène Caron ne me convainc pas de faire des choses, explique Livia. Elle m'aide à me convaincre moi-même de faire des choses.

— Bien, quoi qu'il en soit. Vas-tu la voir?

— Elle n'est pas en ville. Mais tu as sans doute raison, dit Livia sincèrement. Je devrais sans doute apprendre à mieux connaître Alain.

— Hé! tu l'appelles par son prénom, dit Martine en riant. C'est un début.

Après avoir dit au revoir à Martine, Livia rapporte le téléphone sans fil dans la chambre de sa mère. Martine a raison, elle ne connaît pas bien Richer. Pourquoi ne pas commencer tout de suite à en apprendre plus sur lui?

Le réveille-matin sur la table de nuit indique dix heures cinquante. Il lui reste une heure et même plus avant que les autres ne rentrent. Livia jette un coup d'œil autour de la chambre. C'est la même que lorsque son père était vivant, sauf que maintenant les tiroirs et une penderie contiennent les vêtements d'Alain Richer. Livia saisit les poignées du tiroir d'une commode.

Elle sait qu'elle ne devrait pas fouiller dans ses affaires, mais elle doit savoir. Elle doit découvrir si elle est folle de penser que son beau-père cache un secret. Un terrible secret.

Livia ouvre le tiroir.

Onze heures et demie. Livia est au rez-de-chaus-sée, dans la petite pièce à l'arrière de la maison. C'était un débarras mais, quand Richer a emménagé, il l'a nettoyé et y a installé un bureau, un classeur et des étagères, ainsi qu'un ordinateur appartenant à son entreprise.

Livia n'a rien trouvé dans la chambre. Elle a même regardé au fond de la penderie, espérant découvrir une boîte à souliers pleine de lettres ou un coffre empli de découpures de journaux. Mais le passé de Richer n'est pas à l'étage. Peut-être est-il au rez-de-chaussée. Elle aurait probablement dû chercher ici en premier, car Richer est le seul à se servir de cette pièce.

Livia commence à fouiller dans le bureau, ne sachant plus ce qu'elle cherche. Elle ne peut s'atten-dre à trouver un morceau de papier l'identifiant comme étant Adam Clet. Il ne serait pas assez stu-pide pour avoir conservé des articles à propos du meurtre ou son vieux permis de conduire ou aucune espèce de carte d'identité.

De plus, elle ne *veut* pas découvrir une chose pareille. Elle veut trouver une preuve qu'il *n'est pas* Adam Clet.

Tandis que les minutes passent, et qu'elle va du bureau au classeur et ensuite aux étagères, Livia se rend compte soudain qu'elle *a* découvert quelque chose. Ce n'est pas la preuve que Richer est Richer. Ce n'est pas la preuve, non plus, qu'il est Clet. Mais c'est quelque chose : Alain Richer n'a pas de passé. En haut ou en bas, elle n'a pas trouvé un seul vieil

28

album, agenda ou carnet de banque ; aucune lettre ou photographie ancienne. *Rien*. Tout ce qu'Alain Richer a apporté dans cette maison, ce sont ses vêtements, des outils et quelques boîtes de livres de poche.

À seize ans, Livia a déjà un passé — des photos d'école, quelques rubans reçus aux cours de natation, des agendas scolaires, des cartes de vœux qu'elle a conservés.

Tout le monde n'est pas collectionneur, mais tout le monde garde quelque chose. Alors pourquoi pas Richer ?

Est-ce parce qu'il doit effacer son passé ?

Parce que, s'il le rattrape, il pourrait le détruire ?

Il y a une sensation, un changement dans l'atmosphère de la pièce, et Livia sent soudainement qu'elle n'est plus seule. Elle se tourne vivement vers la porte, et le sang lui monte au visage.

Son beau-père se tient dans l'embrasure de la porte.

— Salut, Livia ! dit Alain Richer. Que cherches-tu ?

Chapitre 4

— Alain ! s'écrie Livia en se relevant lentement. Tu m'as fait peur.

— J'ai appelé en entrant dans la maison, mais je suppose que tu ne m'as pas entendu.

— Je suppose que non, je…

Livia regarde l'étagère qu'elle était en train de fouiller, tentant de trouver une raison pour être venue dans cette pièce.

— Alors ? demande Richer en la regardant de près. Que cherchais-tu ?

Se penchant, Livia prend un bloc-notes jaune sur le rayon du bas.

— Je dois aller copier des renseignements à la bibliothèque pour le cours d'histoire, dit-elle. J'ai oublié de rapporter mon bloc-notes, et j'ai pensé que tu pouvais en avoir un ici. Je peux le prendre ?

— Bien sûr, dit Richer en fronçant les sourcils comme s'il ne la croyait pas. Tu peux prendre tout ce qu'il te faut.

— D'accord, merci, dit Livia en contournant le bureau pour sortir.

En s'éloignant, elle peut sentir ses yeux qui la suivent. Elle sait qu'il doit se demander ce qu'elle faisait vraiment dans son bureau.

Livia a menti à Richer au sujet des recherches à faire, mais ce mensonge lui donne une idée. Si elle pouvait trouver un livre sur les meurtres irrésolus, et qu'Adam Clet soit dans l'un d'eux, elle pourrait apprendre des choses qui l'aideraient. Elle ne croit pas qu'il a pu tout changer sur lui-même. Il doit y avoir des restants de son passé, une habitude ou un passe-temps qu'il aurait gardés. Quelque chose que *Les fugitifs de la Justice* n'aurait pas mentionné, mais qu'un livre ferait.

À la bibliothèque, elle demande la section des histoires criminelles et passe une demi-heure à fouiller dans ces livres. Elle ne trouve rien. Elle vérifie dans les fiches du catalogue dans l'espoir qu'un livre mentionnant les meurtres de Clet serait inscrit. Rien, là non plus.

Déçue, Livia regarde alentour. La bibliothèque était une maison privée, autrefois. Les grandes fenêtres en arc de la pièce principale ont été transformées en aires de lecture, avec des divans et des tables basses. Il y a là quelques personnes, la plupart lisant des journaux.

Des journaux.

«Bien sûr, pense Livia. À l'époque des meurtres faits par Clet, un milliard d'articles ont dû être écrits sur le sujet.» Si elle pouvait en obtenir des copies, elles lui apprendraient peut-être quelque chose.

Une demi-heure plus tard, Livia quitte la bibliothèque avec l'adresse de *L'Écho*, le journal de la
ville d'Adam Clet, notée sur le bloc-notes jaune pris
dans le bureau de Richer.

Assise dans l'autobus, Livia réfléchit fébrile-
ment. Elle appellera le journal aussitôt qu'elle sera
rentrée chez elle. Non, minute ! elle ne peut faire un
appel comme ça à moins d'être seule. Et de toute
façon, l'appel ne paraîtra-t-il pas sur le compte de
téléphone ? Oui. D'accord, elle va devoir écrire pour
demander des copies des articles. Mais, qu'arrivera-
t-il si Richer arrive tôt à la maison et ramasse le
courrier, comme il fait parfois ?

L'autobus freine brusquement, projetant Livia en
avant. Cela la ramène à la réalité. Qu'est-elle en
train de faire ? Pourquoi essaie-t-elle d'obtenir des
renseignements sur Adam Clet ? Son beau-père et
lui ne peuvent pas être la même personne. Elle
devrait essayer d'en apprendre plus sur son beau-
père et découvrir qu'il n'est pas Clet. Elle ouvre son
sac d'école et en sort un petit calepin. Que sait-elle
au sujet de Richer ? Il est arrivé du Manitoba quatre
ans plus tôt, a-t-il dit. Il n'a jamais été marié ; une
histoire d'amour avec une camarade d'école a fini
en queue de poisson. Il est un bon bricoleur. Il porte
parfois des lunettes.

Livia regarde ce qu'elle a écrit. Puis elle trace
une ligne pour séparer la page en deux. Dans la
deuxième colonne, elle transcrit ce qu'elle a retenu
de l'émission sur Adam Clet. Ensuite, elle compare
les deux.

La comparaison ne tient pas. Les deux hommes se ressemblent, c'est tout. Elle remet son calepin dans son sac et ferme les yeux. Quand les images d'Adam Clet apparaissent, elle ouvre les yeux et regarde par la fenêtre.

— Tu es terriblement tranquille, Livia, dit Patricia Richer. Te sens-tu bien ?

— Je vais bien, dit Livia en cessant de regarder son assiette. Je suis juste fatiguée. Mon prof d'éducation physique a décidé de nous entraîner sérieusement.

Elle n'est pas réellement fatiguée, mais c'est une bonne excuse pour rester silencieuse.

— Je connais ça, dit Richer. Je me souviens de m'être exercé pour le football jusqu'à ce que j'aie l'impression que j'allais m'écrouler.

Quelque chose dans ce que vient de dire Richer lui semble étrange, mais elle ne sait pas quoi. Pour une part, il ne paraît pas assez robuste pour avoir joué au football. Mais il y a autre chose…

Puis elle se souvient.

C'était quand son beau-père les avait emmenées, elle et sa mère, au restaurant pour la première fois. Par hasard, ils avaient parlé de sport. La mère de Livia lui avait demandé s'il en avait pratiqué un quand il était plus jeune.

— *Certainement !* avait-il répondu. *J'ai conduit mon équipe aux championnats provinciaux.*

— *Dans quel sport ?* avait demandé Livia.

—J'étais dans l'équipe de soccer.

Livia s'en souvient clairement parce qu'elle jouait au soccer, elle aussi, et sa mère avait suggéré que Richer lui fasse pratiquer ses passes.

Elle est sûre qu'il avait dit *soccer* ce jour-là. Et comment aurait-il pu être en même temps dans l'équipe de football et dans celle de soccer qui jouent toutes deux en automne?

— N'étais-tu pas dans l'équipe de soccer? demande Livia. Tu nous as amenées dîner une fois, maman et moi, avant que vous ne soyez mariés, et tu avais dit que tu avais joué au soccer.

— Non… Je pense que j'ai dit que j'aurais aimé l'avoir fait, réplique Richer. Mais non, c'était du football.

— Oh! Quelle position jouais-tu?

— Réchauffeur de banc, dit Richer en riant.

— C'était au collégial, n'est-ce pas? poursuit Livia, mécontente de cette non-réponse.

Il acquiesce.

— Au Manitoba?

Richer prend une bouchée de poulet et acquiesce à nouveau.

— Est-ce là que tu es né? demande encore Livia.

Il dépose lentement sa fourchette et la regarde. Puis il demande:

— Qu'est-ce que c'est, Livia? L'inquisition?

Ses lèvres sourient, mais cela ne l'amuse pas. Même à travers ses lunettes, Livia peut voir que ses yeux sont sérieux. Sérieux et froids.

— Oui, Livia, dit sa mère, brisant le silence. Arrête de poser tant de questions et laisse-le manger.

— Ça va, dit Richer, regardant toujours Livia. Je ne peux simplement pas comprendre pourquoi tu es soudainement si intéressée par l'histoire de ma vie. Tu ne l'as jamais été jusqu'à présent.

Son sourire s'élargit.

Livia réussit à lui rendre un pâle sourire.

— J'étais juste curieuse, c'est tout, dit-elle.

— Fouineuse est un meilleur terme, dit sa mère. Allons, finissons de manger.

Richer jette un dernier regard à Livia. Puis il se remet à manger. Bientôt, la mère de Livia et lui parlent d'autre chose.

Livia déplace sa nourriture dans son assiette et lorgne vers son beau-père. Il n'a pas répondu. À ce moment-là, Richer ôte ses lunettes et se frotte les yeux.

— Mal à la tête ? lui demande la mère de Livia.

— Je pense que c'est le moment de changer la prescription de ces lunettes, dit Richer.

Livia voudrait lui demander pourquoi il les porte. Il avait dit qu'il en a besoin pour lire. Pourquoi les porte-t-il pour manger ?

Elle a posé assez de questions et son beau-père a réagi bizarrement.

C'est ce qui la décide finalement à écrire au journal. Elle ne cesse d'y penser, malgré tous ses efforts.

Livia poste sa lettre le mardi. Elle a mis l'adresse de Martine sur l'enveloppe de retour. Quand c'est fait, elle se sent stupide.

C'est impossible que l'homme que sa mère a épousé ait tué deux personnes, l'une d'entre elles étant sa propre belle-fille.

Le nom de cette belle-fille était Camille. Livia se souvient de la photo qu'elle a vue à l'émission. Si Camille était vivante, elle serait plus âgée que Livia.

D'une certaine façon, Livia se sent reliée à elle. Camille avait-elle les mêmes sentiments envers Adam Clet que Livia envers Alain Richer ? L'avait-elle instinctivement détesté ? Se couchait-elle le soir en souhaitant que sa mère n'ait jamais introduit cet homme dans leur vie ?

Chapitre 5

Livia continue de surveiller Richer. Elle ne peut s'en empêcher. Il ne dit rien, mais elle sait qu'il l'a remarqué.

Sa mère l'a remarqué, elle aussi. Livia sait que sa mère est malheureuse qu'elle n'ait pas accueilli Richer à bras ouverts ; elle sait que sa mère espère qu'un jour Livia se rendra compte à quel point il est un homme merveilleux. Jusqu'à maintenant, Livia a pris la précaution de ne pas se plaindre, de ne pas être impolie. Martine est la seule à savoir ce que Livia pense vraiment de son beau-père. Mais être distante tout en étant polie devient de plus en plus difficile.

Quelques jours après qu'elle ait écrit au journal, sa mère cogne à la porte de sa chambre, demandant à lui parler.

— À quel sujet ? demande Livia, effrayée que sa mère veuille avoir un tête-à-tête à propos de Richer.

Patricia Richer s'assied sur le lit à côté de sa fille.

— Au sujet des vacances, dit-elle. Elles commencent la semaine prochaine.

— Je sais et j'ai hâte, dit Livia.

Sa mère baisse la tête et entreprend de lisser le couvre-lit.

— Livia, je n'ai pu m'empêcher de remarquer que tu es nerveuse depuis la semaine dernière, dit-elle.

— Bien... On a tous ces examens juste avant les vacances, tu sais. On est tous énervés.

— Je comprends, dit sa mère. Mais tu as été plus que nerveuse, Livia. Tu... s'il te plaît, ne sois pas sur la défensive... mais tu as été si tendue. Alain aussi l'a remarqué. Et je ne peux m'empêcher de m'inquiéter pour toi.

Livia sait que sa mère pense qu'elle s'apprête à faire une autre dépression. Et si elle connaissait la raison pour laquelle Livia est si tendue, elle croirait vraiment que sa fille perd la raison.

— Ne t'inquiète pas, d'accord, maman? Je suis seulement fatiguée de l'école. J'ai besoin de vacances.

Sa mère ne paraît pas convaincue, mais il est clair qu'elle décide de ne pas pousser les choses plus loin.

— C'est parfait, dit-elle en souriant. Parce que, des vacances, c'est exactement ce qui s'en vient. Pour nous tous. (Ses yeux bleus scintillent.) Te souviens-tu de Joanne Valois?

— Heu...

— Non, bien sûr, dit Patricia en riant. Tu étais encore un bébé la dernière fois que tu l'as rencontrée. Elle et moi étions de grandes amies au collège et on a gardé le contact. Elle a divorcé, il y a à peu près un an. Elle et ses trois enfants vivent dans cette vieille maison décrépie à Ayer's Cliff, près d'un lac. Joanne m'a écrit que la maison a besoin de réparations, et les travaux faits par des contracteurs coûtent une fortune. Et voilà, c'est ce que nous ferons pendant les vacances.

— Réparer leur maison? s'exclame Livia.

— Non, les visiter! dit sa mère. Alain fera quelques réparations mais, en fait, nous allons paresser et faire du canot durant deux semaines complètes. N'est-ce pas formidable?

— Bien sûr, mais…

— Je sais, tu t'inquiètes au sujet des enfants, dit sa mère. Ne t'en fais pas. Il y a deux garçons et une fille, de dix-neuf, dix-sept et quinze ans. Ils ont ton âge. Et la maison est une énorme vieille monstruosité avec assez de chambres pour loger une armée et pour préserver ton intimité. Oh! Livia, ça te fera du bien. Ça nous fera du bien. On a tous besoin de vacances.

Livia comprend. En plus de vouloir revoir son amie, sa mère veut être certaine que Livia ne déprime pas à nouveau. Alors elle a arrangé un séjour reposant au bord d'un lac. Ça pourrait être amusant, s'il n'y avait pas Alain Richer. Mais peut-être que dans un autre endroit, avec d'autres gens, ce ne sera pas si terrible. Il fera du bricolage et elle passera son temps au lac.

Livia doit avouer à Martine ce qu'elle a fait. Elle a repoussé ce moment mais puisqu'ils s'en vont, elle doit lui dire de s'attendre à recevoir un colis de *L'Écho*. Martine vient chez elle deux jours avant les vacances.

Laissant la porte de sa chambre ouverte, Livia va s'asseoir sur son lit.

— Martine, je dois te dire quelque chose, dit-elle. C'est à propos de Richer.

— Oh! dit Martine en commençant à tortiller une mèche de cheveux autour de son doigt. Tu te demandes pourquoi je ne t'ai pas reparlé de ce que tu m'as raconté à propos de...

Elle lance un regard vers la porte ouverte et baisse la voix.

— Ne t'en fais pas, dit Livia. Il est au travail.

— Livia, tu ne penses pas encore à cette émission, hein?

— Oui, j'y pense, réplique Livia. C'est de ça que je veux te parler. Je vais te demander une faveur.

Elle écoute un moment s'il n'y a pas de bruit au rez-de-chaussée. Puis elle parle à Martine de la lettre qu'elle a envoyée au journal *L'Écho*.

— Alors, si quelque chose arrive pendant notre absence, poursuit-elle, pourrais-tu me l'envoyer? Mais mets-le dans une autre enveloppe pour qu'il ne voie pas l'adresse de retour.

— Livia, je suis désolée. Je ne peux croire ce que tu m'as raconté sur lui.

— Je ne peux y croire, moi non plus, dit Livia.

— Alors, pourquoi as-tu écrit à ce journal?

— Pour en être sûre. Les deux hommes se ressemblent, je te l'ai dit. Et j'ai fouillé dans ses affaires...

— Tu as quoi?

— J'ai regardé dans ses affaires. Martine, il n'a rien conservé de son passé. Pas de photos, pas de lettres, rien. Ce n'est pas normal.

— Alors pourquoi n'appelles-tu pas la police? demande Martine.

— Parce que je dois être sûre, réplique Livia. Si j'appelle la police, toute l'affaire sera exposée au grand jour. Il y aura des interrogatoires et des investigations. Je ne pourrai rien arrêter, même si j'ai tort. Alors, je dois d'abord avoir des preuves.

— Et tu n'es pas sûre, dit Martine.

— Une minute, je le suis et la minute suivante, non, dit Livia d'un ton irrité. Excuse-moi de te parler sur ce ton-là. C'est juste… si je ne peux en parler avec toi, alors je n'ai personne à qui en parler.

— D'accord.

— Alors, le feras-tu? demande Livia. M'enverras-tu les articles au sujet d'Adam Clet s'ils arrivent quand je serai en vacances? Je vais te donner mon adresse à Ayer's Cliff.

— Bien sûr.

Évitant le regard de Livia, Martine ramasse ses cahiers et dit:

— Je dois m'en aller. Il se fait tard et c'est à mon tour de faire le souper ce soir.

Habituellement, Martine aurait invité Livia à l'accompagner et à rester pour manger mais, cette fois, elle ne le fait pas. Livia sait pourquoi. Martine est embarrassée. Elle est peut-être la meilleure amie de Livia, mais elle ne veut plus rien entendre d'étrange à propos d'Alain Richer.

Cela rend Livia triste de savoir que Martine ne la croit pas et pense peut-être qu'elle est en train de perdre la tête. Mais tandis qu'elle copie l'adresse d'Ayer's Cliff, elle secoue sa tristesse. Au moins, Martine a accepté d'envoyer les renseignements s'ils arrivent.

Elle donne le bout de papier avec l'adresse et Martine le met dans la poche de son jean, évitant toujours de la regarder.

— À demain, dit Martine.

— Oui. Merci, Martine.

Livia entend Martine descendre rapidement l'escalier. Puis, elle l'entend dire :

— Oh! Bonjour, monsieur Richer!

Livia se glace. Richer doit être tout juste rentré. Elle ne l'a pas entendu parce qu'elle et Martine parlaient. Mais elle l'aurait entendu s'il avait monté l'escalier, n'est-ce pas? Il n'aurait pu monter et écouter, puis redescendre, n'est-ce pas?

Martine et Richer parlent ensemble. Livia entend Martine rire, puis cesser et parler à voix basse. Richer semble poser une question. Et Livia se sent soudain glacée et épouvantée. Est-ce possible que Martine lui raconte tout?

Livia sait qu'elle devrait descendre et briser la conversation, mais elle ne peut bouger. Elle reste assise, immobile et effrayée, se demandant si sa meilleure amie est en train de la trahir.

Chapitre 6

Ayer's Cliff, où habitent les Valois, est à deux heures de route. Ils partent tôt le samedi matin, prenant deux voitures, car Richer a dit qu'il devrait revenir montrer des maisons. La mère de Livia et lui voyagent dans sa voiture. Livia suit dans la voiture de sa mère.

Jeudi dernier, après les premiers moments de panique, Livia est finalement descendue et s'est jointe à la conversation de Martine et de Richer. Ils parlaient d'école et d'examens, pas des soupçons de Livia. Mais ils pouvaient avoir changé de sujet quand ils l'avaient entendue arriver.

Ils arrivent à la petite ville d'Ayer's Cliff. C'est un endroit charmant. Et, pendant un moment, Livia se laisse aller à croire qu'ils sont une famille heureuse, en route pour les vacances.

La maison des Valois est dans une rue étroite. Se rangeant derrière la voiture de Richer, Livia aperçoit deux personnes, un grand adolescent et une femme d'un certain âge, qui se tiennent près d'une moto. Ils sont manifestement en train de se disputer. Leurs mains fendent l'air et, même avec les fenêtres fermées, Livia peut les entendre crier. À l'arrivée des deux voitures, ils tournent la tête, et Livia voit que le visage du garçon est rouge de colère. Il dit quelque chose à la femme, puis saute sur sa moto, fait rugir le moteur et fonce, venant à un cheveu d'emboutir le pare-chocs avant de la voiture que Livia conduit.

— Je suis si mal à l'aise! dit la femme quand Livia rejoint sa mère et Richer.

Elle reconnaît Joanne Valois d'après des photos que sa mère lui a montrées.

— Quel accueil affreux! poursuit-elle. Karl est parti maintenant, alors pourquoi ne rebroussez-vous pas chemin, et ne revenez-vous pas pour que j'accoure en souriant, comme je l'avais prévu?

Elle rit et embrasse la mère de Livia. Livia se rappelle que Karl a dix-neuf ans, il est l'aîné des trois enfants. Les autres sont Joël et Diane, dix-sept et quinze ans. Elle ne les voit nulle part. Elle espère qu'ils sont de meilleure humeur que Karl.

— Et vous êtes Alain! dit Joanne en l'embrassant, lui aussi. Je suis très contente de vous rencontrer. Vous êtes tout à fait tel que Patricia vous a décrit, et je devine que vous êtes formidable avec elle.

— C'est réciproque, Joanne, dit Alain Richer, d'une façon un peu trop doucereuse selon Livia.

Il saisit la main de Patricia et la presse dans la sienne.

Livia serre les dents et ses prétentions s'évanouissent. Même s'il n'est pas Adam Clet, ils ne sont pas une famille heureuse, pas tant que Richer en fait partie.

Joanne Valois se tourne vers Livia, et pousse des cris d'admiration.

— Bon, dit-elle quand elle a fini de complimenter Livia, venez à la maison. Ne vous attendez pas au luxe. On a de l'espace, c'est tout.

Jetant un regard à la maison, Livia comprend ce qu'elle veut dire. C'est une grande maison de trois étages, avec une galerie faisant tout le tour et une tourelle à un coin. La maison a déjà été jaune, mais la plupart des planches sont décolorées et craquées, et il y a des traînées de rouille là où les gouttières défoncées fuient. Seule, la porte d'entrée a belle apparence, avec sa couche fraîche de peinture rouge.

— Je sais que vous le croirez difficilement après sa performance de tout à l'heure, dit Joanne en ouvrant la porte, mais Karl s'est porté volontaire pour peindre cette porte. (Elle soupire et secoue la tête.) C'était avant de décider d'être aussi rebelle que possible. Je ne sais pas ce qu'il a. Dernièrement, on se dispute tout le temps. Oh! Ne me laissez pas continuer sur ce sujet.

Ils sont dans l'entrée étroite et sombre, garnie de crochets pour les chapeaux et de bancs où s'asseoir pour enlever les bottes. Deux portes vitrées ouvrent sur la maison elle-même. Ils arrivent dans un grand corridor ayant un escalier sur un côté. Un garçon aux cheveux bruns, portant des lunettes teintées, les mains dans les poches, descend l'escalier.

— Joël! Ils sont arrivés, dit Joanne. Viens dire bonjour.

Joël Valois serre les mains tandis que sa mère fait les présentations. Au lieu d'enlever ses lunettes, il les fait glisser sur le bout de son nez et regarde par-dessus. Ses yeux ont presque la même teinte que ses cheveux, note Livia, ils sont brun clair.

— Olivia, dit-il lentement d'une voix profonde, comme celle d'un acteur de théâtre.

— N'en mets pas trop, lui dit sa mère en le tapotant sur le bras. Elle préfère se faire appeler Livia. Du moins, il me semble, ajoute-t-elle en se tournant vers Livia.

— Ça n'a pas d'importance, réplique Livia.

Elle sourit à Joël. Elle le trouve mignon. Elle aime la façon dont il a prononcé son nom. Il lui rend son sourire. Puis, il se tourne vers sa mère pour demander :

— Est-ce sécuritaire de s'aventurer à l'extérieur ? J'ai entendu le monstre gronder.

— Oh! cette moto! dit Joanne en levant les yeux au ciel. Je jure que je vais la cabosser un jour.

— Je voulais dire Karl, dit Joël.

Livia rit.

— Ton frère est parti, dit Joanne à son fils. Et sais-tu où est Diane ?

— La princesse ne s'est pas confiée à moi, dit-il. Mais si je devais faire une supposition, je dirais le lac.

— Bon, alors tu es désigné pour rentrer les bagages tandis que je leur montre leurs chambres.

— C'est pour ça que je suis là, dit Joël en repoussant ses lunettes sur son nez.

Il sort.

— Il est adorable, dit Patricia tandis qu'ils montent l'escalier.

— Comparé à Karl, il est un saint, dit Joanne. Quelle chose affreuse à dire! De toute façon, Joël est un peu susceptible depuis que son père est parti, alors ne vous étonnez pas s'il est maussade de temps à autre.

Livia se sent encore plus proche de Joël en entendant cela. Ils ont tous deux perdu leur père. Elle comprend pourquoi il peut être maussade.

— C'est compréhensible, dit Richer, faisant écho aux pensées de Livia. Il doit être divisé au sujet du divorce, sachant que c'est probablement mieux ainsi, mais désirant que ça ne soit jamais arrivé. Et je suis persuadé qu'il ne peut s'empêcher de s'ennuyer de son père.

— Oh! Oui, c'est exactement ça, approuve Joanne. (Elle pousse Patricia du coude.) Qu'est-ce qui est adorable?

« Richer a encore réussi, pense Livia. Il est encore le gars parfait, disant toujours ce qu'il faut. Il n'est là que depuis quinze minutes et Joanne Valois chante déjà ses louanges. » Est-ce voulu? Ou est-ce qu'il est vraiment comme ça? Peut-être que c'est *elle* qui joue un rôle: celui de la belle-fille amère.

Diane Valois se présente quand Livia inspecte sa

chambre près de l'escalier de secours au dernier étage. Le papier peint est fané, le plafond est bas, et les fenêtres donnent sur un patio de ciment entouré d'un petit mur de brique. Livia est agenouillée près d'une fenêtre, surveillant un chat gris étendu au sommet du mur, quand elle entend quelqu'un dire :

— Salut !

Se retournant, Livia aperçoit une jolie fille aux pieds nus, aux longs cheveux blonds et au nez retroussé. Elle porte un survêtement, des shorts coupés et deux boucles d'oreilles à chaque oreille.

— Je suis Diane, dit-elle, appuyée au chambranle de la porte. Maman m'a dit de venir me présenter.

— Salut ! Je suis Livia.

Livia espère que se présenter n'est pas une corvée pour Diane. Elle n'a pas vraiment réfléchi à ce que les enfants Valois ressentiraient de la présence de trois visiteurs.

— Entre, continue-t-elle. Es-tu allée au lac ?

— Oui, et il est glacé ! dit Diane en se laissant tomber sur le lit. Trop froid pour se baigner, mais on a sorti un bateau. (Elle lève un pied.) J'ai perdu un soulier. Ils étaient dispendieux. Maman va me tuer. Tu as seize ans, n'est-ce pas ?

Livia approuve de la tête.

— Tu peux conduire alors, poursuit Diane. Je suis impatiente de conduire. Mon petit ami Alban me donne des leçons. Bien sûr, je ne sais pas ce que je conduirai. On n'a qu'une voiture et maman l'utilise presque tout le temps.

— Conduis la moto de Karl, suggère Livia en blague.

— Es-tu folle? Il me tuerait si j'y touchais. C'est un tel crétin. Dommage que maman et papa aient divorcé. On n'a plus d'argent. Peut-être que maman se remariera comme la tienne, dit Diane. J'ai rencontré ton beau-père. Il a dit que je pourrais emprunter sa voiture, mais maman lui a dit que je n'ai pas encore seize ans. Il va réparer notre toit, savais-tu ça? Gratuitement!

— Il coule?

— Des seaux, dit Diane. Tu es chanceuse. Ton beau-père a l'air correct. J'aime mon père, mais je ne pense pas qu'il réparerait le toit de quelqu'un comme ça.

— Oui, bien…

— Bon, je dois rejoindre mes amis, maintenant, mais je serai de retour pour le dîner. Demain, on ira au lac. Je te présenterai à tout le monde.

Repoussant ses cheveux, Diane quitte la pièce.

Chapitre 7

— C'est une maison *fantastique*, dit Richer au dîner. À l'exception du toit, c'est assez sain, alors vous pouvez vous détendre.

Il tapote le dos de la main de Joanne.

— Vous êtes mon sauveur, dit Joanne, cognant son verre de vin contre celui de Richer.

Dégoûtée, Livia assiste au spectacle de Richer dans son rôle d'«être adorable». Ne peuvent-ils voir comme il est faux?

La maison lui donne des frissons. Richer a demandé de faire un tour complet, et Livia les a accompagnés. Il est censé y avoir un passage secret, mais Joanne ne sait pas où il est exactement, et Livia aime autant ça. Les endroits sombres et étroits la rendent claustrophobe. Le grenier était chaud et poussiéreux, mais le sous-sol était horrible.

Livia jette un regard à Joël. Comme s'il sentait qu'elle le regarde, il tourne le regard vers elle et lui dédie un mystérieux petit sourire.

Livia lui sourit à son tour. Elle a peut-être un allié, ici. Diane est amicale, mais elle parle principalement d'elle-même, ou de son groupe d'amis. Livia n'est pas tellement une fille de groupe.

Quant à Karl, Livia a décidé de l'éviter. Il est beau garçon, si on aime le genre cafardeux, mais il a définitivement un problème de comportement. Elle a entendu Joanne dire à sa mère qu'au lieu d'étudier, il se tenait avec des décrocheurs. Livia ne l'a pas encore vu sourire.

Maintenant, Karl sort de son silence pour dire à Richer :

— Vous n'auriez pas des compétences en mécanique, par hasard ? Ma moto fait un bruit.

Richer commence à répondre, mais Joanne l'interrompt :

— Allons, Alain, vous n'allez pas vous occuper de ce tas de métal. (Elle rit.) Vous n'aurez aucune chance de voir le lac si vous faites ça.

— Vraiment, comme si tu n'avais pas prévu de l'avoir sur le toit tout le temps qu'il sera ici, réplique Karl.

— Karl, c'était une blague ! proteste Joanne, embarrassée. Alain a offert de m'aider pour le toit, en ami. Je n'ai pas fait de plans pour l'*obliger* à faire quoi que ce soit. Il peut rester à ne rien faire et je serais aussi contente de l'avoir ici. De les avoir tous ici.

— Évidemment ! dit Karl en émiettant son pain à l'ail.

— Tu donnes l'impression que j'abuse, dit Joanne.

— Je pourrais trouver du temps pour examiner la moto, dit doucement Richer.

— Oubliez ça.

Karl repousse bruyamment sa chaise et se lève.

— Où vas-tu ? demande sa mère.

— Dehors.

Il lance le morceau de pain et quitte la pièce. Un moment plus tard, ils entendent le grondement de la moto.

— Maintenant, il est parti pour des heures, constate Diane. Et il avait promis de me déposer chez Sonia.

— Sonia habite à deux rues d'ici, dit Joanne. Tu peux marcher.

Son regard fait le tour de la table, puis elle se frappe la tête des deux mains et déclare :

— Je suppose que je lui ai encore dit ce qu'il ne fallait pas, comme d'habitude. Je m'excuse.

— Non, dit Patricia. Élever un enfant est difficile. En élever trois doit être…

— L'enfer, complète Joanne dans un éclat de rire. Mes excuses, les enfants. Oh ! Je suppose que je ne devrais pas trop me plaindre. Je me souviens de quelques années où j'étais impossible à vivre.

Aussitôt, la mère de Livia et elle se remémorent des souvenirs d'adolescence. Diane s'excuse et va chez une amie. Livia ramasse des assiettes et les porte à la cuisine. Joël la suit avec des verres.

— Tu n'as pas besoin de gagner ton gîte et ton couvert, dit-il. Je peux débarrasser la table.

— Ça va, dit Livia.

— Pas intéressée par le souvenir des bons vieux jours ?

— Pas vraiment, dit Livia en souriant.

— Je suppose qu'on en entendra beaucoup parler pendant que vous serez ici, dit Joël en emplissant le lave-vaisselle. On devra s'échapper tôt et rentrer tard. Est-ce que la princesse a réussi à te caser dans son agenda social ?

— Je vais au lac avec elle, demain, répond Livia en riant. L'appelles-tu toujours comme ça ?

— Non, parfois je l'appelle monstre, dit Joël. Mais j'appelle aussi Karl comme ça, alors ils répondent tous les deux en même temps. (Il sourit.) Je les agace seulement. Tu ne fais pas ça, toi ?

— Je n'ai ni frère ni sœur, explique Livia. J'appelle ma mère « la femme bionique » quand elle essaie de faire quinze choses à la fois et n'admet pas que c'est impossible.

— Et ton beau-père ? demande Joël. Lui as-tu trouvé un surnom ?

Livia secoue la tête.

Joël la regarde, puis dit :

— Mauvaise question, hein ? Désolé.

— Ça va, dit vivement Livia. C'est juste…

— Oublie ça, dit Joël, beaucoup plus doucement que Karl ne l'avait fait. On évitera le sujet. Crème glacée ? C'est ce qu'on a pour dessert. Le dessert est un sujet acceptable, non ?

— Oui, et oui j'en veux, dit Livia en riant. Dis-moi où sont les bols.

Quand Joël et elle rentrent dans la salle à manger, les deux femmes sont encore dans leurs souvenirs d'adolescentes, et Richer s'est joint à elles.

— Son nom était « Lauzière », raconte-t-il. Et

53

naturellement, on disait «sorcière». Elle était la terreur de toute l'école, de la ville entière de Laflèche, peut-être de la province en entier.

— Elle devait être horrible pour terroriser tout le Manitoba, dit Joanne en riant.

— Non, c'était en Saskatchewan, rectifie Richer. Une ville minuscule, un point sur la carte.

— La Saskatchewan? répète Livia en déposant un bol devant lui. Tu n'as jamais rien dit de la Saskatchewan.

Richer la regarde. Livia voit ses yeux changer, comme l'autre fois lorsqu'elle l'avait questionné sur les sports. Elle sait qu'elle a raison, il n'a jamais parlé d'un collège en Saskatchewan.

— Souviens-toi, poursuit-elle, tu parlais de football. C'était il y a quelques jours.

— Je suppose que ma mémoire devient mauvaise, dit Richer. Je ne me rappelle aucune discussion au sujet de football.

— Ce n'était pas vraiment au sujet du football, dit Livia. J'étais fatiguée de mon éducation physique et tu as dit que tu étais souvent fatigué de t'entraîner pour ton équipe, l'équipe de ton école. Tu as dit que c'était au Manitoba.

Livia regarde sa mère, mais Patricia parle à Joanne. Elles ne leur prêtent aucune attention. Livia revient à Richer.

— Tu n'as pas parlé de la Saskatchewan, répète-t-elle.

— Eh bien, j'ai dû oublier, dit-il. Tu ne vas pas me le reprocher, n'est-ce pas?

— Tu as oublié que tu avais été à l'école en Saskatchewan?

— Ce n'est pas ce que je voulais dire.

Les yeux de Richer sont toujours calmes. Mais sa voix monte un peu. Joanne et Patricia se taisent et le regardent. Livia attend.

— Je pourrais difficilement oublier la Saskatchewan, Livia, dit Richer en ramenant sa voix à un ton normal et en gloussant légèrement. J'ai déménagé au Manitoba mais, avant ça, j'étais en Saskatchewan. J'ai seulement oublié d'en parler.

Il se tourne vers les deux femmes et change de sujet.

Livia s'assied et prend de la crème glacée. Puis elle regarde son beau-père. Il n'aime pas parler de son passé. Il n'aime pas qu'elle lui pose des questions là-dessus. Pourquoi?

Si ce n'est qu'il a quelque chose à cacher.

Tandis qu'elle fixe son beau-père, le visage d'Adam Clet apparaît dans son esprit. Les deux visages semblent se fondre, et Livia cligne de l'œil. Cette fois, l'image ne s'en va pas.

Maintenant, quelqu'un est en train de la fixer, elle peut le sentir. C'est Joël. Ses yeux bruns la regardent intensément.

Chapitre 8

Livia frissonne en se rendant au lac avec Diane, le lendemain. Elle est en maillot de bain sous son jean et son survêtement, mais elle ne croit pas qu'elle se baignera.

— Il fait toujours froid durant ces vacances, dit Diane. Mais on se trempe au moins une fois. La plupart du temps, on se tient juste sur la plage ou on fait du bateau.

— Avez-vous un bateau?

— Oui, un vieux canot rouillé, dit Diane en plissant le nez. Mon père parlait d'acheter un nouveau canot, mais je suppose que c'est fichu maintenant.

— Pouvez-vous faire du ski nautique sur le lac?

— Non, les nageurs ont commencé à se plaindre des vagues et du bruit et de la pollution et de tout, et la Ville a décidé d'interdire les canots à moteur. Alban venait juste de s'acheter un scooter nautique, et il n'a jamais pu s'en servir. Joël trouve qu'ils sont laids et bruyants, mais il n'en a jamais essayé un. Tout ce qu'il fait, c'est ramer jusqu'au milieu du lac et rester là tout seul. Joël est étrange, ajoute-t-elle en frissonnant.

— Ah oui? Il est pas mal mignon, en tout cas, dit Livia.

— Oui, je suppose, approuve Diane. Il a déjà été amusant, mais maintenant il se promène, perdu dans ses pensées. Parfois, il est drôle et puis, soudain, il devient très calme et il s'en va. Maman dit que c'est à cause de papa, mais papa est parti depuis trois mois. Et il nous téléphone et on le verra cet été. Ce n'est pas comme s'il était mort ou... Oups, désolée. J'ai oublié que ton père... Le vrai, je veux dire...

— Ça va, dit Livia. Je suppose que Joël s'ennuie de son père.

— Oui, mais tu peux t'ennuyer de quelqu'un sans devenir une personne complètement différente... As-tu un petit ami?

— Heu! Non, pas pour l'instant.

— Bien, tu vas rencontrer un tas de garçons au lac. Quelques amis d'Alban ne sortent avec personne. Je parie que tu plairas à l'un d'eux.

Livia ne dit rien. La question est: l'un d'eux lui plaira-t-il?

Elles sont arrivées sur la plage. Au loin, il y a une plate-forme métallique munie d'une échelle.

— Le lac est vraiment profond au milieu, explique Diane. Tu peux plonger de la plate-forme.

Un groupe de jeunes occupent la plate-forme, leurs canots attachés à l'échelle. Diane les appelle et l'un des garçons se lève et lui fait signe, faisant tanguer la plate-forme, ce qui déclenche les cris des autres.

— C'est Alban, dit Diane d'un ton fier et possessif.

Les jeunes rejoignent Diane et Livia. Le bras d'Alban entourant ses épaules, Diane présente Livia à ses amis.

— Et, dit-elle en mettant son bras autour de la taille d'Alban, voici mon petit ami, au cas où tu ne l'aurais pas deviné. Alban Rousseau.

— Salut Livia, dit-il.

Alban a les cheveux blonds et un visage carré, il n'est pas très grand, mais a une large poitrine et des jambes musclées dans des jeans collants. Ses yeux bleus scrutent en détail le corps de Livia, puis il sourit comme s'ils partageaient tous deux un secret.

Livia lui dit bonjour, puis regarde vite ailleurs. Diane peut penser qu'il est à elle, mais Livia a l'impression qu'Alban ne s'attache à aucune fille longtemps.

— On a apporté à manger, dit Diane en montrant le sac en tissu qu'elle a en bandoulière. Des boissons gazeuses, des pretzels, et d'autres choses. Mais allons aux canots d'abord, d'accord Livia?

— D'accord.

Livia se joint au groupe et se retrouve vite dans un canot en compagnie des deux amis d'Alban qui n'ont pas de petites amies. David et Louis. L'amie de Diane, Sonia, est une petite fille aux longs cheveux noirs, n'ayant d'yeux que pour David. Ils sont tous gentils, mais Livia ne peut s'empêcher de se sentir étrangère.

Elle repense à l'histoire de Richer au sujet de Laflèche en Saskatchewan.

Richer n'a jamais mentionné le nom du collège

au Manitoba, mais Livia se rend compte soudain qu'elle pourrait vérifier à Laflèche. C'est une petite ville, a-t-il dit. Il n'y a probablement qu'une seule école.

Plus tard, alors que Diane et ses amis parlent d'aller au centre commercial, Livia décide de ne pas les suivre. Surtout à cause d'Alban, qui ne cesse de la scruter de haut en bas chaque fois que Diane regarde ailleurs.

Diane n'insiste pas.

— D'accord, dit-elle. Dirais-tu à maman où je suis?

En arrivant à la route, Livia entend le grondement d'un moteur, et aperçoit Karl sur sa motocyclette, avec un passager. Il se stationne non loin et, au moment où il descend de la moto, il voit Livia. Elle lui fait un signe timide de la main et, à sa surprise, il lui renvoie son salut. Elle les regarde, son ami et lui, entrer dans un endroit appelé *Au Vert*, puis elle continue son chemin.

Joanne Valois est en train de faire des sandwiches dans la cuisine.

— Hé! Livia, bonjour. Comment as-tu trouvé le lac?

— C'est vraiment bien, dit Livia. Oh! Je suis censée vous dire que Diane est allée au centre commercial avec ses amis.

— Ne me dis pas qu'ils ne t'ont pas invitée.

— Ils m'ont invitée, la rassure Livia. Je n'avais tout simplement pas le goût d'y aller. Ne vous inquiétez pas pour moi.

— D'accord, je ne le ferai pas. Est-ce que Joël est allé avec eux?

— Non. En fait, je n'en suis pas sûre. Il les a peut-être rencontrés là-bas, mais il n'était pas au lac.

— Je n'ai pas vu ce garçon de toute la journée, dit Joanne avec un soupir. Ni Karl, d'ailleurs.

— J'ai vu Karl, dit Livia, il y a quelques minutes à peine. Il entrait *Au Vert*.

Joanne rit, mais pas comme si elle était amusée.

— Bon, au moins je sais où il est, dit-elle. Ta mère est sur le patio, si tu la cherches. Je vais porter ces sandwiches à Alain. Il travaille depuis des heures dans le grenier. (Elle prend un thermos et une assiette de sandwiches et ouvre la porte d'un coup de hanche.) Ton beau-père est un rêve, dit-elle comme la porte se referme derrière elle.

Un rêve, Livia aimerait que ce soit vrai.

L'odeur de jambon et de moutarde qui flotte dans la cuisine lui fait réaliser qu'elle a faim. Elle se prépare un sandwich. Elle réfléchit tout en mangeant. Si elle réussit à parler à quelqu'un à l'école de Laflèche, que dira-t-elle? «Salut, mon beau-père dit qu'il a fréquenté votre école, et je pense qu'il est un meurtrier, alors pourriez-vous me dire s'il ment?»

Elle doit trouver une bonne raison pour les appeler.

Et d'où appellera-t-elle? Il lui faut un téléphone sans fil; elle pourrait l'apporter dans sa chambre. Livia finit son sandwich et rince son assiette avant de quitter la cuisine. Elle se met à la recherche d'un téléphone et d'un annuaire.

Elle trouve les deux dans le salon mais, au moment où elle saisit l'annuaire téléphonique, elle trouve autre chose : les lunettes de Richer. Regardant vivement autour d'elle, Livia les essaie.

Livia ne porte pas de lunettes, mais elle a déjà regardé à travers les lunettes d'autres personnes et chaque fois, les objets étaient troubles.

Mais pas avec ces lunettes-ci. Avec celles de Richer, la vue est claire comme le cristal. Livia enlève les lunettes et les remet.

— Tu espionnes quelqu'un ? demande une voix.

Chapitre 9

Livia fait volte-face. Joël est à l'entrée du salon. Ses lunettes sont baissées sur son nez, il fronce les sourcils.

— Je suis surpris, Olivia, dit-il d'un ton moqueur. Ne sais-tu pas que tu verrais un spectacle plus excitant par leur fenêtre la nuit, quand les lumières sont allumées ?

Livia rit, plus de soulagement qu'autre chose. Merci Seigneur, ce n'est pas Richer !

— C'était par pure curiosité, dit-elle en replaçant les lunettes où elle les a prises.

— Hum ! fait Joël en s'avançant vers elle pour regarder par la fenêtre. Tu as vu quelque chose d'intéressant ?

— Pas vraiment.

— Ouais, tu ne peux pas très bien voir chez les Massicotte d'ici, dit-il. La vue est bien meilleure par la fenêtre de ma chambre. (Il se tourne et lui sourit.) C'est une blague. As-tu aimé le lac ?

— Je l'ai adoré, répond-elle. C'est super de pouvoir s'y rendre à pied.

— J'en arrive. Il n'y avait personne.

— Diane et les autres sont allés au centre commercial. Ça ne me tentait pas.

— Bien, si tu y retournes demain, je t'y verrai peut-être.

Livia est sur le point de suggérer qu'ils y aillent ensemble, quand elle se souvient que Diane lui a dit que son frère aimait être seul.

— Ce serait parfait, dit-elle. Dis-moi, avez-vous un téléphone sans fil ? Je dois faire un appel privé.

Super ! Maintenant il va croire qu'elle veut appeler son petit ami.

— Martine, ajoute-t-elle. C'est mon amie. Elle ramasse mon courrier et j'attends quelque chose. Je veux savoir si c'est arrivé.

— Des documents ultra-secrets, hein ? dit Joël. Tu as de la chance, maman a un téléphone sans fil dans sa chambre. Allons le chercher.

Livia le suit. En chemin, ils dépassent la pièce à la tourelle. C'est une petite chambre, mais la fenêtre incurvée la rend spéciale, comme si elle faisait partie d'un château. Une guitare est accrochée sur un mur. Livia s'arrête et demande :

— À qui est cette chambre ?

— À moi, dit Joël.

— Elle est formidable ! Qui joue de la guitare ? Toi ?

Il n'y a pas de réponse.

Livia regardait la guitare. Elle se tourne vers Joël et, pensant qu'il n'a pas entendu sa question, elle demande à nouveau :

— Joues-tu de la guitare ?

— Ça a de l'importance ?

Même derrière ses lunettes, Livia peut voir que l'expression de ses yeux s'est durcie.

— Non, ça n'a pas d'importance, c'est que…

Elle se tait. Elle se sent coupable sans savoir pourquoi. Qu'est-ce qu'il a ? Tout à coup, il a l'air si froid. Il la fixe encore un moment, puis il lui tourne le dos et s'en va.

— Personne n'en joue, dit-il en s'éloignant.

« Fiou, pense Livia, Diane a raison : il change vite d'humeur. »

Plus loin, Joël entre dans une pièce et en émerge quelques instants plus tard, un téléphone à la main. Il revient vers Livia. Son expression désagréable a disparu.

— Tu as de la chance aujourd'hui : il est chargé, dit-il gentiment. Parfois, Diane s'en sert et ne le recharge pas.

— Merci, dit Livia en saisissant le téléphone.

Elle retourne sur ses pas mais, arrivée au palier, elle s'écrie :

— Je suis perdue.

Joël la rejoint, il met ses mains sur les épaules de Livia.

— Traverse le palier, dit-il, se penchant légèrement de façon que son visage est près de celui de Livia. Puis continue jusqu'au bout de ce couloir et tu retrouveras l'escalier arrière.

Livia est très consciente qu'il la touche et de la proximité de sa peau. Elle ne veut pas s'éloigner. En fait, elle a envie de s'appuyer contre lui. Joël enlève ses mains.

— À plus tard, Olivia, dit-il.

Livia sait qu'elle a rougi, alors elle lève la main pour le saluer sans se retourner et s'en va.

De retour dans sa chambre, Livia s'assied sur son lit, le visage encore chaud. Elle a sans doute imaginé cet instant glacial devant la chambre de Joël parce qu'il n'y avait certainement aucune glace entre eux quelques secondes plus tard.

Elle ne se sent pas prête à appeler Laflèche tout de suite. Elle a dit à Joël qu'elle devait appeler Martine, ce qui n'est pas une si mauvaise idée après tout. Peut-être que le paquet de *L'Écho* est arrivé.

La porte de sa chambre ne ferme pas hermétiquement, mais c'est peut-être mieux ainsi. Elle peut entendre Richer clouer et saura s'il quitte le grenier.

Sa chance continue : Martine répond.

— Salut, dit Livia. J'appelle d'Ayer's Cliff, la magnifique.

— Comment est-ce ? demande Martine en riant.

— C'est bien, répond Livia. J'ai été au lac aujourd'hui et j'ai pratiquement été draguée par le gars qui se trouve à être le petit ami de la fille chez qui j'habite.

— Un beau gars ? demande Martine.

— Je suppose. Pas mon genre, spécialement s'il aime flirter alors que son amie est juste à côté de lui. Il y a un beau gars ici-même, dans cette maison, par contre.

— Peut-être que je devrais te rendre visite, dit

Martine. N'avais-tu pas dit qu'ils étaient deux?

— Oui, mais l'autre en veut au monde entier, dit Livia.

— Et tu as des vues sur... quel est son nom?

— Joël. Non, je n'ai pas de vues sur lui, proteste Livia. C'est juste plaisant de penser à lui, tu sais ce que je veux dire.

— Oui.

— As-tu reçu du courrier?

— C'est pour ça que tu appelles, hein? Je le savais. La réponse est non.

— C'est encore trop tôt, dit Livia.

Martine est embêtée, elle l'entend dans sa voix, mais il faut qu'elle le dise à quelqu'un.

— J'ai mis les lunettes de Richer, dit-elle.

— Je ne suis pas sûre que je veux entendre parler de ça.

— S'il te plaît, Martine, fais juste écouter, d'accord?

Martine soupire, mais accepte.

— C'est juste du verre, dit Livia en baissant la voix. Elles sont fausses. Comme un déguisement. Et s'il les mettait pour avoir l'air différent?

— Livia. Tu ne connais rien aux lunettes, dit Martine. Peut-être qu'il ne les porte pas pour les raisons ordinaires, peut-être qu'il a un problème musculaire. Il pourrait y avoir des centaines de raisons pour qu'elles aient l'air d'être en verre sans corrections.

— Il les met pour lire. Il y a quelques jours, il parlait de faire changer sa prescription.

— Bon, dit précipitamment Martine, peut-être

66

que ses yeux sont devenus moins bons, et les lunettes qu'il a sont vraiment faibles.

Livia était si sûre que les lunettes sont fausses. Mais maintenant, elle ne l'est plus. Martine a peut-être raison.

— En tout cas, m'enverras-tu le courrier quand il arrivera?

— J'ai dit que je le ferais, et je le ferai, dit Martine en soupirant. Et je le mettrai dans une autre enveloppe, ne t'en fais pas.

— Merci, Martine.

— Ouais. Amuse-toi, suggère Martine. Attrape Joël et fais des folies.

Livia rit et dit au revoir, contente qu'elles aient terminé leur conversation sur une note joyeuse. Elle a bien fait de ne pas appeler Laflèche. Il vaut mieux attendre.

Elle va pousser le bouton pour couper la communication quand, avant qu'elle ne le fasse, elle pense entendre un déclic sur la ligne. Elle presse le récepteur contre son oreille. La tonalité s'entend. Elle pousse le bouton, descend de son lit et se dirige vers la porte.

Et là, ça la frappe comme un poing dans l'estomac.

La maison est tranquille.

Les coups de marteau ont cessé, la maison est complètement silencieuse.

Chapitre 10

Ce n'est pas nécessairement son beau-père.

Livia reste immobile, sondant le silence; et elle se dit que ça peut ne pas avoir été Richer qu'elle a entendu raccrocher.

Pourquoi pas Joël? Elle lui a dit qu'elle voulait faire un appel privé. Il a peut-être été curieux. Elle est attirée par lui, c'est sûr, mais elle ne le connaît pas. Il pourrait être un fouineur. Elle ne veut pas y croire, mais c'est mieux que de croire que son beau-père a écouté sa conversation avec Martine.

La maison est toujours silencieuse. Richer ne fait sûrement pas la sieste dans le grenier, alors il doit être descendu pendant qu'elle téléphonait. Il n'y a qu'une façon de savoir où il est.

Livia se rend jusqu'à l'escalier et commence à descendre. La maison ne semble pas désertée. Elle semble pleine, comme si tous ses occupants retenaient leur souffle, attendant.

Livia passe devant la chambre de Diane, décorée d'affiches de musiciens rock et d'animaux en peluche, et devant la chambre fermée de Karl.

À l'avant, elle passe devant la chambre de Joël. La porte est ouverte, mais il n'est pas là. Elle n'entend toujours aucun son, à l'exception du bruit mat de ses pas et des grincements du plancher.

Dans la chambre de Joanne, elle remet le téléphone sur la table de chevet. Au moment où elle sort de la chambre, la maison reprend vie.

De quelque part dans la maison, Livia entend sa mère et Joanne éclater de rire. Puis la porte d'entrée est refermée avec fracas.

— Karl, est-ce toi? demande la voix de Joanne.

— Ouais, Thomas est avec moi, crie Karl. On a faim.

— Bon, préparez-vous quelque chose, dit Joanne. Et je veux te parler ensuite.

Livia est parvenue à l'escalier avant. Alain Richer est en bas des marches. Livia se fige. Son cerveau s'affole tandis qu'elle essaie de se rappeler tout ce qu'elle a dit à Martine tout à l'heure. Tout ce que son beau-père pourrait avoir entendu.

Richer monte vers elle.

— Livia, je ne t'ai pas vue depuis ce matin, dit-il. T'es-tu amusée au lac?

— Oui.

Richer est vêtu d'habits de travail, ses cheveux sont couverts d'une mince couche de poussière et il porte ses lunettes.

— Tu me dévisages, dit-il soudain.

Livia tressaute.

— Pardon. Je ne…

— Je sais, j'ai l'air d'une vadrouille ambulante, dit Richer. Je m'en vais prendre une douche.

Il la dépasse et disparaît.

Livia reste où elle est, le regardant s'en aller. Les lunettes étaient dans le salon près du téléphone. Ce qui signifie que, peu de temps auparavant, Richer a été proche de ce téléphone, lui aussi. A-t-il écouté?

Entendant un bruit en bas, Livia aperçoit Joël traverser l'entrée. Pourrait-il avoir écouté?

Il est possible que le déclic n'ait été qu'un simple parasite sur la ligne. Livia sait que Martine dirait: «Tu deviens paranoïaque!»

Mais Livia a une bonne raison de se sentir paranoïaque. Son beau-père est peut-être un tueur.

Ce soir-là, Livia cherche dans l'annuaire le code régional de Laflèche quand quelqu'un frappe à la porte. Sans attendre l'invitation, Diane ouvre la porte et entre.

— Comment trouves-tu *Alban*?

— Alban? Oh! Il est bien, dit Livia, cherchant autre chose à dire. On voit qu'il joue au football. Il est...

— Bâti, complète Diane en souriant. Demain, c'est notre anniversaire de trois mois.

— Super.

— Ouais. On va au cinéma ce soir. Maman a demandé si tu nous accompagnais, et je lui ai dit que ça ne te tentait pas. Ça ne te fait rien, hein? C'est une sorte de célébration. Pour moi en tout cas. Alban ne sait pas que je calcule le temps qu'on a été ensemble. Il trouve ça cruche.

— Ça ne me dérange pas, dit Livia. Je vais lire.

Elle tapote l'annuaire, puis se rend compte que c'est vraiment ridicule comme sujet de lecture. Mais Diane ne remarque rien.

— Parfait, merci! On va tous se retrouver au lac, demain, d'accord?

— Sûr, dit Livia. Amuse-toi bien ce soir.

— Ne t'inquiète pas, on va s'amuser.

En sortant, Diane se cogne presque à Joël.

— Oh! Joël! Tu rampes toujours comme une espèce de zombie.

— Hé! Content de te voir aussi, princesse. Je suis ici en tant que messager. (Joël se tourne vers Livia.) Est-ce que les zombies rampent?

— Je pensais qu'ils marchaient les jambes raides, dit Livia en riant. Mais c'est peut-être les momies.

— Diane s'en fiche de toute façon, dit Joël, appuyé au chambranle de la porte. S'est-elle oubliée assez longtemps pour t'expliquer pourquoi elle ne t'a pas invitée au cinéma?

— Tu savais?

— Quand elle a dit que tu ne voulais pas y aller, je me suis douté qu'elle n'avait pas pris la peine de t'en parler. Elle n'aime pas partager Alban, pas lors d'un rendez-vous, du moins.

— Je n'aimerais pas non plus devoir traîner quelqu'un à un de mes rendez-vous, dit Livia. Je lui ai dit que je lirais.

— C'est ce que ton beau-père a dit.

— Il a dit que je lirais?

— Non, mais il a dit qu'il n'était pas surpris que

tu ne veuilles pas aller au cinéma, explique Joël. Il a dit que tu étais une solitaire, parfois.

— Oh!

— Puis-je te poser une question? demande Joël.

Livia se raidit pour affronter une question au sujet de Richer.

— Vas-y, dit-elle.

— As-tu l'intention de lire l'annuaire?

Livia se penche vers l'annuaire, riant et cherchant une réponse brillante. Quand elle relève la tête, Joël a disparu.

«Il n'est peut-être pas un zombie, pense Livia en souriant encore, mais il a certainement l'habitude d'apparaître et de disparaître sans un bruit.» En dépit de ses soupçons sur la possibilité qu'il ait écouté sa conversation avec Martine, elle l'aime bien. Elle aurait voulu qu'il reste plus longtemps.

Glissant sa main sous le matelas, Livia en sort le petit calepin dans lequel elle a inscrit des notes sur Richer. S'il se révèle qu'elle se trompe à son sujet, elle brûlera le calepin. En attendant, elle le dissimule.

Elle y ajoute une note sur les lunettes de Richer, puis au moment où elle écrit: école Laflèche, Saskatchewan, elle entend un martèlement sourd dans l'escalier.

Richer répare-t-il quelque chose? C'est la nuit, maintenant, mais il veut tellement prouver qu'il est un homme formidable, qu'il pourrait clouer jusqu'à minuit.

Ce ne sont pas des coups de marteau qu'elle

entend. Quand Livia se rend enfin compte qu'on monte lourdement l'escalier, les pas sont arrivés devant sa porte.

On donne un grand coup de poing. Puis la porte s'ouvre à toute volée.

C'est Karl.

— Te mêles-tu toujours des affaires des autres? demande-t-il.

Livia ne l'a jamais vu sans un air renfrogné mais ceci est différent. Karl est furieux. Ses yeux sont comme des rayons noirs la transperçant.

Il a l'air dangereux.

— Eh bien? demande-t-il.

— De quoi parles-tu?

— *Mais oui!* dit-il d'une voix lourde de sarcasmes. Comme si tu ne le savais pas.

— Je ne le sais *pas*, dit Livia. Pourquoi ne me le dis-tu pas plutôt que de me faire deviner?

— Bien. Je parle de *Au Vert*. Tu te souviens de l'endroit? Allons, dit-il, avançant dans la chambre. Tu t'en es souvenue assez bien pour revenir en courant et rapporter, n'est-ce pas? Réfléchis un peu, ça va te revenir.

— Je t'ai vu entrer là, dit Livia. Et quand je suis rentrée, ta mère se demandait où tu étais, alors je...

— Alors tu as ouvert ta grande trappe et tu le lui as dit, complète Karl.

— Écoute, dit Livia en essayant de garder son calme. Je n'ai pas «rapporté», j'essayais seulement ... Je ne vois pas où est le problème, mais si je t'ai causé du tort, je suis désolée.

— Oh ! « si je t'ai causé du tort, je suis désolée ! »
se moque Karl en imitant sa voix d'un ton haut
perché. Bel effort.

— Sors d'ici, dit Livia en se dirigeant vers lui.
Va-t'en, veux-tu ? Je ne sais pas de quoi tu parles, et
je m'en fiche. Tu fais irruption dans ma chambre...

— *Ta* chambre ? Depuis quand est-ce ta chambre ?

Karl s'approche d'un pas.

— Tu n'as rien à faire ici. C'est toi qui devrais
t'en aller.

Il se penche vers Livia.

— Fais attention, murmure-t-il, les yeux
brillants. Parce que *tu* vas voir des problèmes.

— Sors d'ici ! crie Livia.

— Qu'y a-t-il ? demande Karl en riant. Je te fais
peur ?

Durant quelques secondes, ils se regardent fixement tous les deux. Livia décide finalement qu'*elle*
s'en va.

Mais au moment où elle s'avance vers la porte,
Karl recule et lui barre le passage de son bras.

— Tu vas quelque part ?

Livia essaie de passer dessous, mais Karl baisse
son bras pour l'empêcher de passer.

— Pourquoi ne sautes-tu pas par-dessus ? sug-
gère-t-il en riant.

— Qu'est-ce qu'il se passe ? demande Alain
Richer, apparaissant soudainement derrière Karl.

Karl retire son bras.

— C'est privé, dit-il. Pas vrai, Livia ?

Livia ne répond pas.

Les yeux d'Alain Richer vont de l'un à l'autre. Livia sait qu'il voit qu'elle est fâchée, mais elle ne va sûrement pas lui donner d'explications. Tout ce qu'elle veut, c'est qu'ils s'en aillent tous les deux.

— Karl, dit Richer, on pourrait jeter un coup d'œil à ta moto si tu veux.

— Bonne idée, dit Karl.

— Mettons la moto dans le garage et voyons ce qu'on trouve.

Avec un dernier coup d'œil à Livia, Richer s'en va. Karl le suit.

Livia allait fermer la porte quand Karl réapparaît. Formant un revolver avec son index et son pouce, il le pointe vers Livia. Le message est clair.

Chapitre 11

— *Au Vert*? C'est un bar, pourquoi? demande Diane, le lendemain, alors qu'elles se dirigent vers le lac. C'est un vrai trou.

— C'est sans doute pour ça que ta mère ne veut pas que Karl aille dans cet endroit, dit Livia.

— La raison, explique Diane, c'est que le propriétaire de cette boîte vend de la drogue. Quand Karl a arrêté d'en prendre, maman lui a dit de rester loin de cet homme. Et Karl a promis qu'il ne le reverrait pas.

— Maintenant, je comprends, s'exclame Livia.

— Tu comprends quoi?

Livia lui raconte l'épisode de la veille. Diane dit:

— C'est pas étonnant que Karl soit furieux. Maman est sûrement prête à le tuer.

— Présentement, c'est lui qui est prêt à me tuer. Et je ne blague pas, dit Livia, ennuyée par la réaction de Diane. Il m'a menacée. Je suis désolée, Diane. C'est ton frère… je suppose que je ne devrais pas me plaindre à toi. Mais il m'a fait peur.

— Ouais, il peut être terrifiant parfois. À ta place,

je garderais mes distances, dit Diane, une note de tension dans la voix.

Diane court vers son groupe d'amis réunis au bord de l'eau. Ils sont déjà presque tous en maillot. Ne voulant pas paraître lâche, Livia enlève son survêtement en frissonnant.

Alban est sur la plate-forme, il l'aide à se hisser hors de l'eau.

— Merci, lui dit-elle en essorant ses cheveux.

— N'importe quand, répond Alban. C'est vraiment bien.

— Merci, j'étais dans l'équipe de natation.

— Tu es une bonne nageuse mais ce n'est pas de ça que je parlais, dit-il en gloussant.

Livia voit qu'il a les yeux rivés sur son maillot. Non, pas son maillot, son corps.

« Super, pense Livia. Diane est à un mètre et il ne s'en préoccupe pas. » Elle ne pensait pas retourner à l'eau si vite, mais c'est moins pire que de rester près d'Alban.

Livia rate son plongeon et espère qu'elle a éclaboussé Alban. Sur la plage, Sonia la rejoint et lui demande :

— Que t'a dit Alban sur la plate-forme ? Il t'a draguée, hein ?

— Était-ce si évident ? s'étonne Livia.

— Alban fait tout le temps ça. Il pense qu'il est irrésistible.

— Diane ne remarque rien ?

— Pas cette fois en tout cas, la rassure Sonia. Elle nageait. Elle le remarquera quand il la laissera tomber. Il fait *ça* tout le temps, aussi.

— S'il a déjà laissé tomber des filles, elle doit savoir qu'il n'est pas du genre fidèle.

— Elle croit qu'elle sera celle qui peut le garder. Mais ne lui dis rien. Elle pensera que c'est toi qui as dragué Alban, et elle sera furieuse.

« Ça en ferait deux sur trois » pense Livia.

Quand Alban et Diane les rejoignent sur la plage, Livia décide de rentrer.

Karl et Richer doivent avoir fini de réparer la moto car le garage est vide. Deux des voitures manquent, celle de sa mère et celle des Valois. La voiture de Richer est là mais la maison est silencieuse quand elle entre. Peut-être qu'il est parti avec la mère de Livia. Si elle pouvait en être sûre, elle appellerait Laflèche.

— Allô ! crie-t-elle dans l'entrée. Il y a quelqu'un ?

Personne ne répond.

Livia monte prendre une douche au deuxième étage. En sortant de la salle de bain, Livia s'aperçoit que la porte de la chambre de Joël est ouverte. Elle voit la guitare accrochée au mur.

Sans y penser, Livia entre et prend la guitare. Elle a déjà su en jouer mais ses tentatives pour retrouver des accords sont désastreuses. Soudain, elle sent une présence. Elle lève la tête.

C'est Joël. Elle sourit, embarrassée.

— C'est affreux, hein ? dit-elle.

Joël ne rit pas ni ne sourit. Il est furieux. Pas

furieux comme Karl, le visage écarlate et ricaneur, mais une colère froide qui est aussi terrifiante.

— Tu ne pouvais pas savoir pour Karl. Ce n'était donc pas ta faute, dit tranquillement Joël. Mais tu *étais* au courant au sujet de ceci.

Il pointe la guitare du doigt.

— Que veux-tu dire ? demande Livia. Tout ce que tu as dit, c'est que personne n'en joue.

— Je ne voulais pas dire que personne n'en était *capable*, dit Joël. Mais que personne n'avait la permission.

Tandis qu'il parle, Livia se souvient de la manière dont il avait dit « personne n'en joue » et comment son humeur avait changé. Elle aurait dû se douter qu'il ne fallait pas y toucher, mais il est trop tard. Elle dépose la guitare et se lève lentement.

— Je suis désolée, dit-elle. Je n'ai pas réfléchi.

— Non, en effet, dit Joël en fixant un point au-dessus de sa tête.

Ses yeux sont aussi froids que sa voix.

Livia aimerait qu'il la regarde. Il y a quelque chose entre eux. S'il la regardait, peut-être qu'il s'en souviendrait.

Mais Joël continue à fixer le même point. Il attend qu'elle parte.

« Karl et Joël, deux sur trois » pense-t-elle en quittant la chambre.

Livia va sur le patio pour faire sécher ses cheveux. Quel sombre secret perturbe Joël ? Elle n'aurait pas dû toucher sa guitare, mais ce n'était pas une raison pour la traiter ainsi. Elle regrette de s'être excusée.

Des portières de voiture claquent. Livia entend les voix de sa mère, de Joanne, et de Richer. Il était parti faire visiter une maison. Elle vient de manquer une chance d'appeler Laflèche *et* a ruiné sa relation avec Joël.

Diane apparaît soudain.

— Salut ! dit-elle. On mange sur la plage ce soir.

— Je ne suis pas dans l'ambiance, je gaffe sans arrêt et maintenant Joël est furieux contre moi.

— Je t'ai prévenue : Joël est étrange, dit Diane. Une minute, il est gentil, la minute suivante, il donne l'impression qu'il veut te tuer. Personnellement, je crois qu'il perd la tête.

Diane n'exagère-t-elle pas l'état mental de Joël ?

— J'ai l'impression que tu l'aimes bien, dit Diane.

— Je le trouve mignon. Je le trouve drôle aussi. On pourrait dire que je suis intéressée. *Était* intéressée… oublie ça.

— C'est exactement ce que j'allais dire : oublie Joël. Ça ne vaut pas la peine, il est si… Suis mon conseil. Tiens-toi loin de lui.

Chapitre 12

À l'instant même où Diane et elle mettent le pied sur la plage, Livia surprend le regard d'Alban sur elle. Livia regrette de ne pas avoir accompagné sa mère et Joanne chez une de leurs amies.

— Alban et moi, on va sans doute quitter tôt, dit Diane avec un sourire significatif.

Diane laisse tomber son sac et court se jeter dans les bras d'Alban, qui la serre contre lui.

Mais il regarde Livia par-dessus l'épaule de Diane.

Livia se dirige vers Louis.

Louis est un gentil garçon. Il n'est pas bavard, mais l'important est de tenir Alban à l'écart. Ce n'est pas long avant que Livia ne recommence à penser à Richer.

Elle a presque réussi à se convaincre que le déclic entendu au téléphone n'était pas de lui. S'il était un meurtrier, et qu'il croyait que quelqu'un le suspecte — spécialement sa belle-fille —, il aurait peur. Et les gens apeurés n'agissent pas comme le fait Richer. Il ne pourrait être plus détendu ou il serait comateux.

Livia va marcher le long du lac.

Avant de quitter la maison avec Diane, elle a entendu Richer dire qu'il devait repartir dans un jour ou deux pour faire visiter des maisons. Alors, Livia appellera à Laflèche.

— Ah! Te voilà! dit la voix d'Alban derrière elle.

— Où est Diane?

— Hé, j'ai fait tout ce chemin pour te retrouver, dit-il en ricanant. Ne peux-tu dire salut?

— Salut, dit Livia. Où est Diane?

— Elle est allée chercher des cassettes dans mon auto, répond-il après avoir ri doucement. C'est une grande fille. Elle peut retrouver son chemin toute seule.

— Je suis sûre qu'elle le peut, dit Livia. Je vais me rapprocher du feu. Il fait froid ici.

Phrase qu'il ne fallait pas prononcer.

Alban s'approche d'elle.

Livia fait un pas de côté.

— Voyons, dit-il. Je ne mords pas.

— Moi, si, dit Livia. Écoute, j'en ai vraiment assez de ceci, d'accord?

— Assez de quoi? D'avoir froid?

Elle s'éloigne d'un pas mais Alban saisit son bras.

Livia s'arrête et lui fait face. C'est alors que Diane apparaît, les mains pleines de cassettes.

— Je ne peux pas le croire! s'exclame-t-elle.

Elle regarde Livia.

Alban lâche le bras de Livia. Mais il a l'air amusé, pas embarrassé.

Diane laisse tomber les cassettes et s'enfuit. Livia la rattrape au pied de l'escalier.

— Diane, écoute, dit-elle d'une voix essoufflée. Je suis désolée, mais…

— Ouais, je jurerais que tu es désolée, dit amèrement Diane. Tu es vraiment désolée que je sois arrivée à ce moment-là. (Elle s'approche de Livia.) Pourquoi ne retournes-tu pas d'où tu viens ? Tout ce que tu fais, c'est déranger. Personne ne te veut ici.

Diane s'élance dans l'escalier.

« Trois sur trois », se dit Livia.

Elle va ramasser le sac de Diane. Puis elle quitte la plage et commence à monter l'escalier. Elle aimerait suivre le conseil de Diane et rentrer chez elle.

Mais rentrer créerait toutes sortes de problèmes. Sa mère s'inquiéterait qu'elle ne s'entend avec personne. Joanne serait fâchée contre ses enfants. Richer dirait quelque chose d'abominablement sage et tous voudraient le consacrer beau-père de l'année.

Entendant un bruit, Livia lève la tête.

Quelqu'un attend dans l'ombre au sommet de l'escalier.

Chapitre 13

Livia sent son cœur s'emballer et ses jambes faiblir. Elle ne bouge pas. La personne dans l'ombre non plus. Qui que ce soit, il reste là à attendre.

À l'attendre.

Karl ? Il est le genre à essayer de l'effrayer.

Ça pourrait être Alban.

Lentement, Livia regarde derrière elle. Elle est plus proche du sommet que du bas de l'escalier. Si elle se précipite vers le bas, elle tombera.

Essayant de ne pas faire de bruit, Livia monte une marche. Puis, elle attend.

La silhouette ne s'en va pas.

Livia monte une autre marche. Elle a si peur que ses genoux tremblent. Mais l'idée que Karl ou Alban lui font ça la rend furieuse.

Elle est presque au sommet maintenant. Effrayée et fâchée, elle fait tournoyer le sac en visant la tête dans l'ombre. Elle crie en même temps.

— Hé, Olivia ! Arrête ! dit Joël. Je suis un citoyen pacifique. (Il s'avance pour la voir.) C'est bien toi, n'est-ce pas, Olivia ?

— Oui, c'est moi! crie Livia. Et si tu ne voulais pas recevoir de coup sur la tête, il ne fallait pas te cacher dans l'ombre comme un agresseur.

— Désolé. Qui pensais-tu que j'étais?

— Je ne sais pas! crie Livia. Tu m'as fait mourir de peur!

— Désolé, répète Joël. (Il se frotte la tête.) Qu'est-ce qu'il y a dans ce sac, des briques?

— Je le souhaitais, dit Livia. Les cassettes de Diane.

— Pourquoi portes-tu ses affaires? demande Joël.

— Parce qu'elle... Tu m'as fait peur, dit Livia pour changer de sujet. C'était stupide de rester là comme un...

— Un agresseur? Il n'y a jamais eu d'agression à Ayer's Cliff. Quelques attaques à main armée, oui, mais jamais...

— Tais-toi, veux-tu! dit Livia. Ce n'est pas drôle. Je vois que tu es de bonne humeur, *pour le moment*, mais je ne le suis pas.

— Pour le moment? répète Joël en se grattant la tête. Ah! Diane a testé sa théorie sur toi, n'est-ce pas? Sa théorie selon laquelle je déraille.

— Il ne faut pas se moquer de ça.

— Ne veux-tu pas savoir pourquoi je me tenais dans l'ombre? lui demande-t-il.

— Pas vraiment.

— Je savais que tu étais au lac, explique Joël comme si elle avait dit oui. J'ai beaucoup réfléchi à ce qui est arrivé cet après-midi... tu te souviens? La guitare?

— Je me souviens.

— J'ai pensé venir te trouver et accepter tes excuses...

— Oh! Super! dit sarcastiquement Livia. Tu ne peux savoir à quel point je me sens mieux.

— Attends, tu ne m'as pas laissé finir.

— Tu veux dire qu'il y a plus?

— Livia.

Joël met sa main sur son bras. Livia le regarde.

— Ce n'est pas ce que je voulais dire, dit-il. J'ai agi comme un parfait imbécile à propos de la guitare, et je suis désolé.

— Ça va, dit-elle. Oublions ça, d'accord?

Joël sourit. Il saisit le sac et ils se remettent en route.

— La guitare appartient à mon père, poursuit Joël. C'est stupide... je l'ai accrochée au mur, comme ça, chaque fois que je la vois, je me rappelle de rester fâché contre lui. Je suis furieux qu'il nous ait quittés mais je m'ennuie de lui, aussi. Est-ce que ça a du sens, ou Diane a-t-elle raison? Est-ce que je déraille? Elle t'a parlé de moi, hein?

— Elle ne comprend pas pourquoi tu souffles du chaud et du froid, c'est ainsi qu'elle décrit ça. Mais je ne crois pas qu'il y ait quelque chose de détraqué en toi. (Elle rit un peu.) Je sais de quoi je parle. Beaucoup de gens pensent que *je* suis folle.

Joël lui lance un regard curieux, et Livia décrit comment elle se sentait après la mort de son père.

Il prend sa main.

Livia se rend compte à nouveau à quel point il l'attire. Elle ressent une telle chaleur et une telle intimité que, pour un moment, elle a envie de lui parler de Richer. « Joël ne se moquera pas de moi, se dit-elle, il pourrait même vouloir m'aider. » Le dire à quelqu'un de compréhensif serait merveilleux. Presque aussi merveilleux que de tenir sa main.

Mais. Connaît-elle vraiment Joël ? Peut-elle avoir confiance en lui ? Elle l'a rendu furieux une fois, sans que ce soit sa faute. Si elle lui parle de Richer et qu'elle l'irrite ensuite, comment être sûre qu'il n'ira pas tout raconter à Richer ?

Il vaut mieux ne rien dire.

Joël met son bras autour des épaules de Livia. Elle lui enlace la taille. Elle savoure le plaisir d'être avec lui. C'est suffisant, pour le moment.

Quand ils arrivent à la maison, sa mère les accueille.

— Te voilà, dit-elle. Diane est dans sa chambre. Elle est rentrée depuis une heure. Karl et Alain sont dans la cuisine à discuter de motos. Joanne et moi étions inquiètes pour vous deux. (Elle rit.) Mais je vois que vous allez bien.

— Ouais, on va bien, dit Livia.

Joël et elle ne se touchent plus, et elle en est déçue.

— On est passés par la route panoramique, ajoute Joël tandis qu'ils entrent. (Il sourit à Livia.) J'ai soif. Et toi ?

Elle entend les voix de Karl et de Richer et décide de ne pas ruiner le reste de sa soirée.

— Je vais monter, lui dit-elle. Si je ne te vois pas plus tard, je te verrai demain. Bonne nuit. Bonne nuit, maman.

Dans sa chambre, Livia remarque que le couvre-lit est impeccablement tendu.

Habituellement, l'absence de plis n'aurait pas d'importance, mais ça en a maintenant.

Ça en a à cause de ce qu'elle cache sous le matelas de ce lit trop bien fait: son calepin de notes à propos de son beau-père.

Livia relève le couvre-lit et tâte le matelas jusqu'à ce qu'elle touche la poignée. C'est là qu'elle glisse toujours le calepin, juste sous la poignée.

Livia avance la main pour toucher la spirale métallique du calepin. Le calepin est là où il devrait l'être, centré sous la poignée du matelas.

Mais la spirale est de l'autre côté.

Livia prend le calepin. Elle le place toujours avec la spirale vers elle. Du moins, elle *pense* qu'elle le fait toujours. Peut-être qu'elle a oublié hier soir.

Ou peut-être, pense-t-elle, son cœur commençant à battre la chamade, quelqu'un est-il entré ici pour fouiller sa chambre. Peut-être que quelqu'un a lu ce qu'elle a écrit sur Adam Clet, qui est un meurtrier, et sur Alain Richer, qui pourrait être la même personne.

Chapitre 14

Livia se donne l'ordre d'arrêter d'y penser. Mais son cerveau ignore l'ordre et continue, essayant d'imaginer qui a pu venir dans la chambre.

Ça pourrait être Karl. Ou Diane. Ça pourrait même être Joël. Lui tenir la main ne permet pas à Livia de lire ses pensées. Il pourrait être venu dans la chambre et puis avoir été très gentil en revenant du lac de façon à ne pas éveiller ses soupçons.

Elle souhaite presque que ce soit Joël. Ou Diane ou Karl. Ils avaient tout le temps nécessaire.

Mais son beau-père également.

La pensée que Richer ait pu se tenir au même endroit et avoir lu les notes qu'elle a écrites sur lui la terrifie.

Livia glisse le calepin dans la poche de son jean et regarde la chambre. Rien d'autre ne semble différent. Si Richer est entré ici, il ne pouvait *chercher* le calepin. Il ne sait pas qu'il existe.

Ou le sait-il?

Livia repense à la scène avec Karl. Il la menaçait. Quand elle s'était levée pour l'affronter, elle avait le calepin en main. Karl avait dû le voir. Richer avait dû le voir, aussi, quand il s'était approché.

Malade de peur, Livia essaie de se rappeler si son beau-père avait regardé ses mains. S'il l'avait fait, aurait-il pu le lire? Avait-elle fermé le calepin en se levant du lit?

— Livia?

C'est sa mère, l'appelant du bas de l'escalier.

— Je suis ici, dit-elle d'une voix qui lui paraît étrange. Qu'y a-t-il?

— On fait du maïs soufflé, crie sa mère. Viens nous rejoindre.

— D'accord, j'arrive!

Poussant le calepin à fond dans sa poche, Livia quitte sa chambre.

En arrivant en haut de l'escalier, son pied s'accroche dans le bord du tapis qui est détaché. Se sentant tomber, Livia tend le bras pour agripper la rampe. Celle-ci se casse avec un craquement sec. Débalancée, Livia ne peut se rattraper. Elle déboule l'escalier jusqu'en bas.

Chapitre 15

Étourdie, Livia reste étendue. Elle entend des voix se rapprocher.

— Qu'est-ce que c'était, Livia ? demande sa mère.

— C'était moi, répond Livia. Je suis tombée.

Sa mère et Richer sont là, ainsi que la famille Valois au complet.

— Je vais bien, dit Livia en se relevant. Mais la rampe est cassée.

Karl fait entendre un son, qui est un croisement entre un reniflement et un ricanement. Diane mange un grain de maïs soufflé. Joël lève les sourcils comme pour demander à Livia si elle va bien.

Richer fixe Livia sans rien dire. Puis il monte inspecter l'escalier. Il revient, un morceau de rampe à la main.

— Je savais que c'était à réparer, dit-il. Ça commençait à se détacher du mur.

Livia ne peut se rappeler. Était-ce branlant ? Assez pour se casser ainsi ?

Il ne lui semble pas.

La rampe ne s'est pas détachée d'elle-même. Et le tapis où elle s'est pris les pieds, était-il décloué? Ce serait une coïncidence étrange.

Les deux ont-ils été détachés délibérément?

— Je m'en veux, dit Richer, mais au moins tu n'as rien. Je m'occuperai de l'escalier demain.

— Alain, tu es un don des dieux, dit Joanne. Soyons tous prudents dans cet escalier, surtout toi, Livia.

Livia hoche la tête, les yeux sur le morceau de bois dans la main de Richer. Il est long et pointu, et de la façon dont son beau-père le tient, on dirait un poignard.

Le martèlement est constant.

C'est le matin.

Richer n'aurait-il pas pu attendre avant de jouer au bricoleur? S'étant habillée, Livia enfonce le calepin dans la poche de son jean. Elle l'a gardé dans sa taie d'oreiller toute la nuit. Durant le jour, elle le gardera sur elle.

Elle sort dans le corridor.

Richer lui tourne le dos. Karl est au milieu de l'escalier. Il la voit le premier.

Elle voit son expression changer d'un air de concentration à un sourire moqueur. Elle regarde ailleurs.

— Bonjour, Livia, dit Richer. Je suis désolé de t'avoir réveillée mais je dois rentrer cet après-midi et je voulais m'occuper de cela avant.

« Bon, pense-t-elle, qu'il rentre à la maison pour

que je puisse téléphoner à Laflèche. » Elle descend en posant ses pieds entre les clous et les tournevis.

— Attention où tu mets les pieds ! dit Richer dans son dos.

Quand elle arrive à la hauteur de Karl, celui-ci ne bronche pas.

Il la regarde comme s'il la défiait de passer. Livia pousse du pied une boîte pleine de vis. Karl réagit automatiquement, s'avançant pour l'empêcher de tomber. Livia descend l'escalier.

Assise à la table de cuisine, Diane beurre une rôtie. Quand Livia entre, son expression devient glaciale. Elle suit des yeux Livia qui se dirige vers le réfrigérateur.

— Puis, as-tu fait tes bagages ?

Livia se sert un jus d'orange et commence :

— Diane…

— Il est déjà dix heures. Si tu attends, il y aura trop de circulation.

— Diane, je ne vais nulle part.

— Tu n'as pas à attendre ta mère et ton beau-père. Ça ne me fait rien s'ils restent. Ils sont gentils. C'est *toi* que je ne veux plus voir.

— Je voudrais t'expliquer ce qui s'est passé, dit Livia. Ne peux-tu cesser d'être fâchée pour une minute et m'écouter ?

— Je ne veux pas t'écouter, je veux que tu t'en ailles. Pourquoi voudrais-tu rester ? Personne ne t'aime. En passant, ça inclut Joël. Maman m'a raconté que vous étiez revenus ensemble, hier soir. Tu bouges vite, toi.

Livia soupire. C'est sans espoir.

— Mais si tu crois qu'il t'aime, c'est que tu es aussi folle que lui, dit Diane en se levant. Si tu restes, méfie-toi de Joël. Tiens-toi loin de nous tous.

Avant de quitter la pièce, elle ajoute:

— Tu as été chanceuse, hier soir. La prochaine fois, tu ne le seras peut-être pas.

Livia regarde Diane s'en aller.

Une image lui revient: Richer tenant dans sa main un morceau de rampe en forme de poignard.

Livia boit son jus, mange des céréales, puis quitte la cuisine. Karl et son beau-père travaillent encore dans l'escalier. Il semble que Richer n'ait pas à rentrer après tout. Elle va plutôt appeler Martine et elles se parleront en code.

Jetant un coup d'œil par une porte ouverte, Livia aperçoit Joël qui descend dans le sous-sol. Elle le salue. Il s'arrête et dit:

— Olivia! Salut.

— Que fais-tu?

— Ton beau-père voulait protéger des tuyaux, mais maman a décidé que c'était à moi de le faire.

Il regarde le rouleau de ruban adhésif qu'il tient à la main, comme s'il ne se rappelait pas ce qu'il doit en faire.

— Quand tu auras fini, on pourrait aller au lac, suggère-t-elle.

Joël continue de fixer le ruban.

— Hé! Est-ce que tu vas bien? demande Livia.

— Ai-je l'air malade? réplique-t-il en fronçant les sourcils.

Qu'est-ce qu'il a, cette fois?

— Non, mais tu ne m'as pas répondu, explique-t-elle. Je me demandais si tu allais bien.

— Ça va, dit-il après l'avoir fixée durant un moment. Et toi? C'est moi qui devrais te demander comment tu vas.

— Que veux-tu dire?

— Je parle de ta grande chute d'hier soir.

L'expression sérieuse de Joël se change en sourire. Mais ce n'est pas un sourire sympathique. Il semble secrètement amusé.

— Je vais bien, dit-elle.

— Bon…

Joël murmure quelque chose, puis recommence à descendre.

Livia le regarde disparaître dans la noirceur du sous-sol. «Chaud et froid» pense-t-elle.

Livia se sert du téléphone du salon, après s'être assurée que le martèlement continue. C'est la mère de Martine qui répond.

— Oh! Livia, dit madame Ryan, Martine vient de sortir. Veux-tu lui laisser un message?

— Je ne suis pas sûre, répond Livia. A-t-elle mentionné qu'elle irait au bureau de poste? Pour m'envoyer quelque chose?

— En effet, elle m'en a parlé hier. Mais j'ai vu l'enveloppe dans sa chambre après son départ, alors je suppose qu'elle l'a oubliée.

— Pourriez-vous lui rappeler que c'est très important? Je suis ici pour une autre semaine et j'en ai besoin.

— Je le lui dirai dès qu'elle rentrera, promet madame Ryan. Comment vas-tu, Livia? T'amuses-tu?

— Je vais bien. C'est beau, ici. Merci, madame Ryan. Et vous n'oublierez pas? À propos de l'enveloppe?

— C'est gravé dans mon cerveau.

Livia la remercie à nouveau, puis elles se disent au revoir.

Bon, l'enveloppe est arrivée.

Livia reste près du téléphone, se demandant ce qu'elle va faire maintenant. Elle ne veut pas monter, avec Karl et Richer dans l'escalier, et elle a l'impression que Diane ne lui demandera pas d'aller au lac aujourd'hui. Puis elle se rappelle que Joël est au sous-sol.

Elle ne veut pas cesser d'essayer de se rapprocher de lui. Peut-être que si elle le rejoint, elle pourra découvrir ce qui le dérange.

Elle va chercher deux canettes de thé glacé à la cuisine. Tandis qu'elle se dirige vers le sous-sol, elle peut entendre le martèlement venant d'en haut. Bien, Richer ne pourra avoir entendu sa conversation avec la mère de Martine.

Les marches menant au sous-sol sont branlantes. Il n'y a pas de rampe. Livia met les deux canettes sous son bras et se tient au mur pour ne pas perdre l'équilibre. La lumière de l'ampoule placée au-dessus de l'escalier ne se rend pas jusqu'en bas, et Livia descend les dernières marches dans un puits de noirceur.

— Joël? Es-tu encore là?

Il ne répond pas distinctement, mais Livia entend une sorte de grognement sur sa gauche. Elle se dirige de ce côté. La noirceur s'atténue un peu. La lumière du jour, qui passe à travers l'une des fenêtres encrassées, est juste assez suffisante pour empêcher Livia de se cogner aux obstacles. Elle n'éclaire pas les toiles d'araignées, cependant, et Livia frissonne quand les fils s'accrochent à son visage.

— Joël ? appelle-t-elle à nouveau. Où es-tu ?

Un autre son, un léger tapotement.

Elle continue à marcher lentement, s'attendant à le voir à chaque instant. Mais non, elle a dépassé la fenêtre et est retournée dans la noirceur. Elle s'arrête.

— J'ai apporté du thé glacé, dit-elle. Si tu en veux, viens le chercher. Je ne bouge plus d'un centimètre. Suis le son de ma voix.

Silence.

Livia prend une grande inspiration d'air humide, poussiéreux, et frissonne. «Retourne sur tes pas» se dit-elle. Les bruits entendus ne sont pas faits par Joël.

Elle ne veut pas rester là pour découvrir ce qui les produit.

Se guidant avec la fenêtre, elle retourne vers l'escalier. Elle essaie de ne pas se précipiter mais, quand elle atteint la dernière marche, elle court presque.

Elle s'arrête et lève la tête. L'ampoule est éteinte. La porte est fermée. Seul un mince rayon de lumière passe dessous.

Livia regarde le rayon de lumière quand elle entend le bruit venir derrière elle.

Chapitre 16

Retenant un hurlement, Livia se retourne pour tenter de voir ce qui fait le bruit.

Tout ce qu'elle voit, c'est la noirceur et, là où est la fenêtre, des ombres grises. Elle tient ferme les canettes, tâte avec son pied pour trouver la marche, et monte lentement l'escalier. Elle a peur de tourner le dos à ce qui fait le bruit dans les ténèbres.

Se tenant au mur, Livia remonte l'escalier. Quand elle a atteint la porte, elle se retourne, trouve la poignée, la tourne et pousse.

La porte ne s'ouvre pas.

Martelant la porte de son poing, Livia crie :

— Hé ! Venez m'ouvrir ! Je suis enfermée !

Elle se tait et écoute s'il y a des bruits de pas.

Personne ne vient.

Elle frappe la porte avec les canettes. Après trente secondes de tapage et de cris, elle s'arrête pour écouter.

Rien.

Livia tâte le mur à la recherche de l'interrupteur mais il ne semble pas y en avoir. Il doit être à l'extérieur. Ou peut-être qu'on allume en tirant une ficelle. Livia promène sa main dans l'air mais ne sent rien d'autre que des toiles d'araignées.

Où sont-ils tous ? Qui a éteint et fermé la porte ? Ça devait être évident que quelqu'un était en bas. On ne ferme pas simplement une porte, spécialement dans ce donjon, sans s'assurer que personne n'est en bas.

Soudain, Livia se souvient. Il y a un verrou à l'extérieur de la porte. La porte n'est pas simplement fermée, elle est verrouillée. Quelqu'un a éteint et a tiré le verrou.

On a fait ça délibérément.

Livia devient glacée à cette pensée. Quelqu'un l'a vue descendre ou l'a entendue appeler Joël et l'a enfermée.

Assise dans le noir, Livia frissonne à nouveau. Elle hait les ténèbres qui l'environnent. Elle voudrait hurler mais personne ne l'entendra.

Qui ? Qui lui a fait ça ? Peut-être Diane. Après tout, elle a dit à Livia de se méfier. Karl, également. Mais Karl est en haut, ou l'a été. Elle l'a entendu clouer.

Joël ? Joël n'a fait aucune menace. Mais quand elle lui a parlé, il a été si étrange. Elle se rappelle son drôle de sourire quand il lui a demandé si elle allait bien. Est-il encore furieux contre elle ? Cela le pousserait-il à lui faire ça ? L'enfermer dans les ténèbres d'un sous-sol sans issue ?

Sans issue.

Livia sent monter un autre cri dans sa gorge. Elle se

mord la lèvre pour ne pas crier. Mais l'idée demeure en elle : quelqu'un veut lui faire peur, peut-être lui faire du mal. Et en dépit de Diane et de Karl, et possiblement même de Joël, la personne qui pourrait vouloir le plus lui faire du mal est son beau-père.

S'il devine qu'elle le soupçonne.

S'il est vraiment un meurtrier.

Richer est en haut avec Karl, cependant. Non ! Minute ! Parce qu'elle a entendu clouer ne signifie pas qu'ils sont là-haut tous les deux. L'un d'eux peut l'avoir vue descendre. Ça pourrait être Karl.

Mais ça pourrait être Richer.

Elle frappe la porte à nouveau. Quelqu'un viendra éventuellement. Elle n'a pas que des ennemis dans cette maison.

Livia oubliait le bruit qui l'a effrayée plus tôt, mais maintenant elle l'entend à nouveau. Une sorte de frottement de tissu. Son cœur s'était presque apaisé mais il recommence à s'affoler. Elle se lève, prête à s'enfuir. S'enfuir où ?

Il n'y a nulle part où aller.

Puis elle entend un tapotement léger, suivi d'un autre et d'un autre. C'est sur les marches.

Livia se presse contre la porte. Elle va crier... quelque chose saute et atterrit à ses pieds.

Le chat ! Le chat gris qu'elle a vu sur le patio est entré dans le sous-sol et l'a suivie. Maintenant, il se frotte contre ses jambes et ronronne comme un moteur.

Livia reprend son souffle et se penche pour caresser le chat.

— Désolée, lui dit-elle. Tu ne peux pas sortir par ici.

Pour le prouver, elle frappe la porte à nouveau. La porte ne s'est pas magiquement déverrouillée mais, en la poussant, Livia se rend compte qu'il y a un peu de jeu. Le verrou ne la ferme pas hermétiquement. Si Livia trouve un tournevis, peut-être pourra-t-elle ouvrir le verrou. Rien n'est pire que de rester assise dans le noir.

Abandonnant les canettes sur l'escalier, Livia redescend. Elle déteste cet endroit. Elle ne veut pas marcher sur le sol caillouteux et sentir les ténèbres l'enserrer comme une lourde couverture. Elle respire mal. Elle a envie de pleurer.

Mais elle doit sortir. Elle se force à avancer.

Le chat l'accompagne, passant et repassant entre ses jambes. La ralentissant. Mais Livia aime sa compagnie. Le chat est réel.

Tout le reste semble être un cauchemar.

Quand elle est descendue la première fois, elle n'a pas vu où Joël travaillait, alors, cette fois, elle va dans une autre direction. Ça l'amène près de la fournaise et sous les conduits qui serpentent au plafond. Où sont les tuyaux dont parlait Joël? Ceux qu'elle voit sont couverts de toiles d'araignées.

Elle frissonne et poursuit sa route.

Après un moment, le chat bondit en avant et disparaît. Livia entend un grattement, puis le silence. Le chat doit être parti par où il était venu, probablement par une fissure dans le mur. Elle aimerait qu'il ne soit pas parti.

Maintenant, elle est à nouveau seule.

Si elle entendait des pas au-dessus de sa tête, elle retournerait à la porte, mais elle n'entend rien. C'est comme si la maison avait été évacuée.

Elle aperçoit bientôt des tuyaux au plafond. Ils sont rouillés, ils n'ont pas été touchés depuis des années. Mais ils semblent aller dans une autre partie du sous-sol. Livia les suit, espérant trouver des outils à l'endroit où Joël travaillait.

Livia n'est pas sûre quand la noirceur est devenue presque totale. Il a toujours fait noir mais ses yeux se sont adaptés et elle pouvait voir assez bien pour ne pas se cogner aux obstacles. Mais après avoir suivi les tuyaux pendant un moment, elle constate qu'elle voit à peine ce qui l'entoure. Elle tend la main devant elle et ne sent rien, alors elle avance précautionneusement, se disant qu'elle finira par arriver près d'une autre fenêtre.

La noirceur ne se dissipe pas. C'est un noir d'encre qui semble sans fin. Livia décide qu'*elle* ne peut aller sans fin. Il fait froid. Il n'y a pas d'air. Elle ne peut respirer.

À bout de souffle, elle retourne sur ses pas, fait trois pas et se cogne à un mur. Il est croulant, comme tout le reste et, quand elle touche son front, elle sent quelque chose de mouillé. De l'eau ou du sang ? Elle passe sa main sur son front. Elle s'est écorchée. Elle a dû tourner juste avant de frapper le mur. Bon Dieu, qu'elle est stupide d'être descendue ici !

Elle fait quelques pas, ses doigts touchant le mur pour se guider. Après un moment, elle sent le plafond frôler sa tête. Elle se penche et avance un peu plus loin. Ses mocassins ne font plus un bruit de crissement. Le sol est plus lisse ici, mais des cailloux piquent ses pieds à travers le cuir. Elle ne l'a pas remarqué dans le noir mais le sol est en pente et le plafond descend. Elle est dans la pire section du sous-sol, là où il faut ramper.

Livia s'arrête, elle se sent étourdie et plus effrayée que jamais. Ce n'est pas la saleté, la noirceur ou la présence d'araignées qui l'épouvantent. C'est l'étroitesse de l'endroit. Elle ne peut supporter d'être confinée. Elle ne peut jamais s'enfermer dans un sac de couchage sans penser qu'elle est enterrée vive.

Elle doit quitter cet endroit.

La respiration haletante, Livia tourne sur elle-même et place son autre main sur le mur. Elle va aller en sens inverse. Elle fait deux pas, puis s'arrête.

Elle a entendu quelque chose. Un craquement, un bruit de frottement. Maintenant, voilà un autre craquement. C'est dans l'escalier, des pas dans l'escalier. Quelqu'un descend.

— Hé ! crie Livia. Je suis toute perdue ici !

Un autre craquement, mais pas de réponse. Livia va crier à nouveau quand soudainement son visage devient brûlant tandis que son cœur s'emballe de peur. Elle a crié assez fort pour être entendue. Quelqu'un est dans l'escalier. Quelqu'un l'a entendue.

Et personne ne répond.

L'escalier craque encore.

Ne se souciant de rien d'autre que de fuir, Livia court. Elle court à l'aveuglette. Elle ne se préoccupe plus de suivre le mur. Le plafond écorche sa tête et les toiles d'araignées s'enroulent autour de son visage et de sa gorge. Un clou se prend dans son t-shirt et égratigne son bras. Ses poumons sont en feu, elle ne peut reprendre son souffle. Elle trébuche et tombe deux fois, se blessant les paumes. Elle perd un de ses mocassins et elle le cherche frénétiquement, puis continue nu-pied. Elle sent à peine les cailloux lui meurtrir le pied.

Elle ne pense qu'à s'échapper.

La troisième fois que Livia trébuche, elle tombe sur les mains et les genoux, écorchant ses paumes à nouveau. Mais elle se rend compte qu'elle a atterri sur le ciment. Elle se redresse et est capable de se tenir droite. Le plafond est à bonne distance de sa tête. Et elle peut voir les conduits de chauffage. Elle a fait un tour complet.

Sa respiration ralentit, son cœur s'apaise et bientôt elle est capable d'écouter.

Rien.

Pas de craquement, pas de frottement. Aucune autre respiration que la sienne. Elle avance lentement, boîtant légèrement parce que son pied lui fait mal. La fournaise luit devant elle et, de là, Livia sait retrouver son chemin jusqu'à l'escalier.

La lumière est encore éteinte.

Mais la porte est grande ouverte.

Chapitre 17

Ils ont tous un alibi.

Diane dit être restée tout le temps dans sa chambre et n'avoir rien entendu. Karl et Richer disent avoir terminé la rampe puis être allés au garage. Joanne et Patricia ont fait des commissions. Joël a interrompu son bricolage aux tuyaux pour aller au lac. Il n'a pas fermé la porte en quittant.

— Es-tu sûre que la porte était verrouillée ? demande Diane au dîner. Je veux dire, si personne ne l'a fermée, comment a-t-elle pu être verrouillée ?

Sa voix est douce, mais Livia sait à quoi s'en tenir.

— C'est le fantôme qui a fait ça, dit Karl en riant.

— Le vent l'a probablement fermée, dit Joël. Il y a un courant d'air dans ce corridor.

— Le vent l'a-t-il verrouillée aussi ? dit Karl en riant encore.

Ils regardent tous Livia comme si elle avait une explication.

Il n'y avait personne quand elle est sortie du sous-sol, alors elle est allée se laver et est restée dans sa chambre le reste de la journée. Elle avait décidé de ne rien dire. Sauf que la coupure à son front et un bleu sur sa joue étaient impossibles à cacher. Quand elle est descendue pour manger, il y a eu toutes sortes de questions.

— Tu as ta part d'aventures, ici, n'est-ce pas? lui dit Diane. D'abord la rampe, maintenant le sous-sol.

— Je n'appellerais pas ça des aventures, dit Livia, entendant sa voix devenir aiguë mais ne pouvant l'en empêcher. C'était affreux là en bas.

— Je suis persuadée que ça l'était, dit sa mère. Mais tu en es sortie maintenant, Livia. Calme-toi.

— Je suis calme! proteste Livia en posant sa fourchette. Mais tout le monde parle de fantôme et de vent, comme si c'était juste un accident ou comme si je l'avais imaginé. Ce n'était pas un accident! Je ne l'ai pas imaginé!

— Alors ce devait être le fantôme de Karl, dit Diane.

Elle couvre sa bouche de sa main mais ses yeux pétillent d'amusement.

— Ce n'était pas un fantôme, conteste Livia. Je le sais, j'étais en bas. Quelqu'un…

— Quelqu'un quoi? demande Karl.

Livia ne leur a pas tout raconté. Elle ne leur a pas parlé des pas dans l'escalier. Quelqu'un était dans l'escalier, l'a entendue crier et n'a pas répondu. Le même qui a verrouillé la porte, elle en est sûre.

Ils la regardent tous à nouveau, attendant qu'elle réponde. «Ils croient vraiment que je suis folle» se dit-elle. Elle se sent si seule qu'elle a envie de pleurer.

Livia surprend le regard de Richer sur elle. Ses yeux brun clair sont interrogateurs, comme s'il était profondément affecté. Elle ne peut supporter ça. Pas de lui. Elle détourne le regard et dit :

— Joël a probablement raison, le vent a fermé la porte. Elle est sans doute dure à ouvrir.

Elle regarde Richer et réussit même à lui sourire.

— Ne disais-tu pas, Alain, qu'elle avait besoin d'un coup de rabot ?

Son beau-père acquiesce.

— Ça doit être ça, dit Livia. Le bois est gonflé d'humidité et je n'ai pas poussé assez fort pour que la porte s'ouvre.

Personne ne dit rien. Elle regarde Joël mais il fixe un point au loin, perdu dans ses pensées. Ou ne voulant pas croiser son regard. Livia a un petit rire.

— Pas de fantôme, continue-t-elle. Seulement moi, pensant que je suis enfermée et ayant peur.

Elle mange sa salade, pensant : « Laisse-les croire que tu es faible et hystérique. Plutôt ça que folle. »

Ils changent de sujet de conversation. Elle sent qu'ils la surveillent tout de même.

— Oh ! Livia, dit soudain sa mère, j'allais oublier, Martine a appelé.

— *Elle a appelé !* Pourquoi n'es-tu pas venue me chercher ?

— Mon Dieu, Livia, ne me saute pas à la gorge ! Je ne savais pas où tu étais. Je pensais que tu étais au lac avec Diane. Il n'y avait personne à la maison quand on est rentrées, Joanne et moi.

— D'accord, pardon, dit Livia en repoussant sa chaise. Je vais la rappeler maintenant.

— Non, elle a dit qu'elle ne serait pas chez elle ce soir, dit sa mère. Mais elle a laissé un message.

Livia sent sa bouche s'assécher. Elle regarde son beau-père. Il l'observe, attentif. Et si le message mentionne *L'Écho* ?

Instinctivement, Livia tend le bras pour faire taire sa mère. Mais c'est trop tard.

— Voyons, dit Patricia. Elle a dit de te dire qu'elle irait chez le dentiste demain à dix heures trente, et qu'elle passerait par le bureau de poste tout de suite après. Est-ce clair pour toi ?

Livia retenait son souffle. Elle expire doucement pour ne pas montrer son soulagement.

— Oui, c'est clair, dit-elle. J'ai oublié d'apporter des notes de cours. Martine va m'envoyer une copie des siennes.

Livia se force à manger comme si le message n'était pas important. Après une minute, elle regarde Richer. Leurs regards se croisent, et il sourit. Il a ses lunettes. « Ses lunettes *de lecture* » pense Livia. Derrière elles, ses yeux bruns sont rétrécis. Curieux. Calculateurs.

Livia détourne le regard.

« Encore un jour ou deux, se dit-elle. Un jour ou deux, et j'aurai les articles de journaux. Et les réponses à mes questions. »

Le chat l'observe de ses yeux semblables à des feux jumeaux dans le noir d'encre. Livia se sent trahie. Ne sont-ils pas des compagnons du sous-sol ?

N'y ont-ils pas été prisonniers ensemble il y a quelques heures à peine?

Le chat s'éloigne, son pelage gris se fondant dans les ombres. Livia le suit. Elle veut savoir par où le chat est sorti tout à l'heure. Peut-être que la fissure dans le mur est assez large pour qu'elle puisse passer.

Elle ne sait pas pourquoi elle est descendue si tard, excepté qu'elle veut savoir. Elle suit le chat.

Le sous-sol paraît différent. Il y a des portes qui n'étaient pas là avant. Pourquoi ne les avait-elle pas vues?

Maintenant, elle entend le craquement à nouveau.

Des pas dans l'escalier.

Quelqu'un la poursuivant.

Devant elle, le chat trottine puis s'arrête devant une porte et regarde Livia. Tandis que Livia s'approche, le chat couche les oreilles et découvre ses crocs. Un son guttural sort de sa gorge.

Il gronde contre elle.

Livia s'arrête, mais il est trop tard.

Avec un feulement, le chat se ramasse sur lui-même et bondit de l'ombre, les crocs et les griffes dirigés vers le visage de Livia.

Livia se protège avec ses mains et commence à crier.

Mais le cri meurt dans sa gorge quand elle se réveille. Elle s'assied et repousse ses cheveux.

C'était un rêve.

Pas étonnant. Quiconque ayant été emprisonné dans ce donjon serait sujet aux cauchemars.

Elle repousse le cauchemar et reste étendue, immobile. Elle est encore ensommeillée, peut-être qu'elle pourra se rendormir tout de suite. Elle a plein de choses en tête, spécialement Alain Richer, mais elle ne veut pas rester éveillée à penser à lui. Il vaut mieux y penser en plein jour. Elle ferme les yeux et commence à composer un texte en espagnol. Ça fonctionne presque toujours.

Livia ne sait combien de temps a passé quand elle se réveille soudain en sursaut.

La chambre semble pareille — sombre. Ce n'est pas un noir d'encre comme au sous-sol, mais le ciel derrière les fenêtres ne s'est pas éclairci. Elle n'a probablement dormi que quelques minutes. Retour à la composition d'espagnol.

Ça aurait pu marcher encore, si ce n'était du bruit.

C'est léger mais la maison est tellement silencieuse que Livia peut entendre chaque petit craquement.

Ce n'est pas un craquement, cependant.

C'est comme une respiration. Légère et régulière.

Peut-être qu'elle n'est pas tout à fait réveillée. Ça lui arrive parfois d'être endormie et de savoir qu'elle rêve. Puis elle se réveille habituellement. Ou le rêve change.

Le bruit de respiration ne cesse pas.

Livia se tourne sur le dos. Elle sent le drap sur sa peau. Elle ne croit plus qu'elle dort. Elle retient son souffle et écoute.

La légère respiration continue sur le même rythme régulier.

Livia ouvre les yeux. De l'autre côté de la chambre, la silhouette d'une personne se tient devant la porte ouverte de la garde-robe.

Ça ne peut être qu'un rêve. Tout ce qu'elle a à faire est de cligner les yeux et la silhouette disparaîtra.

Livia cligne les yeux. Elle les frotte avec le dos de sa main.

La silhouette ne disparaît pas. La respiration continue.

Ce n'est pas un rêve. C'est réel. Livia sent la sueur perler à son front. Son cœur bat dans ses oreilles. Elle bouge les jambes et sent le drap à nouveau.

La silhouette bouge. Quelque chose de pâle. De la peau ? Une main ? La silhouette bouge. Elle s'approche de Livia.

Livia essaie de crier. Sa gorge est sèche et c'est plutôt un râle.

La silhouette bouge encore. Elle se brouille et s'enfonce dans la garde-robe.

« Ce n'est pas un rêve » pense Livia.

Son cri perçant déchire le silence de la maison.

Chapitre 18

Criant toujours, Livia saisit son oreiller et le lance sur la garde-robe, déclenchant un vacarme de cintres métalliques. Puis elle bondit hors du lit et à travers la chambre, ouvre la porte et la claque derrière elle. Elle trébuche dans le corridor.

— Il y a quelqu'un ! hurle-t-elle à bout de souffle, courant vers l'escalier. Il y a quelqu'un dans ma chambre !

Elle n'a descendu que deux marches quand Joël, suivi de sa mère, apparaît et commence à monter vers elle.

— Ne montez pas ! crie Livia. Il y a quelqu'un dans ma chambre ! C'est dangereux ! Redescendez !

Ils s'arrêtent et l'attendent. À ce moment, le reste de la maisonnée est apparu.

— Seigneur, Livia ! Ça va ? demande sa mère.

— Oui, oui, allons-nous-en ! dit Livia. Il y a quelqu'un dans ma chambre, ne comprenez-vous pas ?

Karl bâille et donne un coup de coude à Joël. Ils suivent tous deux Richer qui est déjà en haut de l'escalier.

— Que font-ils ? demande Livia.

— Ils vont à ta rescousse, dit sarcastiquement Diane.

— Diane ! la réprimande Joanne. Livia a eu une frayeur. Qu'est-ce que ce ton ?

— Hé ! proteste Diane, je me fais réveiller par tous ces hurlements et tu t'en prends à moi ? Je croyais que quelqu'un était mort.

— Surveille ta langue, lui dit Joanne.

Une frayeur. Livia ne peut y croire.

— C'était plus qu'une frayeur, dit-elle. Il y avait quelqu'un dans ma chambre et tout le monde agit comme si ça arrivait tout le temps !

Elle est sur le point de suggérer qu'ils devraient appeler la police quand Richer parle du haut de l'escalier.

— Tout va bien, dit-il.

Il resserre la ceinture de sa robe de chambre et commence à descendre. Joël et Karl le suivent.

— Que veux-tu dire : tout va bien ? demande Livia. N'avez-vous pas vu la porte de la garde-robe ? Et l'oreiller… j'ai lancé un oreiller.

— Vraiment meurtrier, dit Karl, assez bas pour que sa mère n'entende pas. Je jurerais que ça l'a effrayé.

— On a vu la garde-robe et tout, dit Joël à Livia en la regardant avec curiosité. Mais il n'y avait personne. La garde-robe est vide, il n'y a que des vêtements.

— Oh ! Bravo ! murmure Diane.

— Livia, es-tu sûre que ce n'était pas un rêve ? lui demande sa mère.

— Bien sûr que j'en suis sûre ! réplique Livia. Je le sais quand je rêve. J'avais eu un rêve et j'essayais de me rendormir. Ce n'était pas un rêve, d'accord ?

— Ben, il n'y a personne dans ta chambre ni dans ta garde-robe, dit Karl. Et il n'y a pas d'autre issue que la porte parce que les fenêtres sont fermées et il n'y a même pas une gouttière pour grimper. Alors si ce n'était pas un rêve, dis-nous ce que c'était.

— Attendez une minute, dit pensivement Joanne.

Elle regarde ses trois enfants d'un air soupçonneux.

— Le passage secret, dit-elle.

— Quoi ? demande Livia.

— Te rappelles-tu, j'ai dit qu'il y avait un passage secret dans cette maison ? Maintenant que j'y pense, il me semble me rappeler qu'il y a une sortie dans le fond de la garde-robe de cette chambre-là.

— Je crois que j'ai vu un panneau ou quelque chose du genre en fouillant tout à l'heure, dit Richer. Je ne savais quoi en penser, cependant.

— Moi, j'y pense, dit Joanne, les yeux toujours sur ses enfants. D'accord. Je veux savoir qui a fait ça et je veux le savoir maintenant.

Livia les regarde. Karl et Joël sont tout habillés à… Elle lorgne la montre de Joël. À presque trois heures. Diane porte un long t-shirt noir qui lui descend aux genoux. Livia suppose que n'importe lequel d'entre eux pourrait s'être glissé dans sa chambre pour lui faire peur. Mais tous trois le nient, énergiquement.

— Maman ! Je n'entrerais dans aucun passage

secret pour faire peur à Livia, dit Diane. J'ai mieux à faire de mon temps.

— Tu sais que je ne ferais jamais une chose pareille, maman, dit Joël. Je me suis endormi en lisant et ce sont les cris de Livia qui m'ont réveillé.

Karl lève les bras.

— Ne me regardez pas, dit-il. Vous pouvez m'accuser de beaucoup de choses mais oubliez ça. Ce n'est pas moi.

Ils sont vraiment convaincants et, voyant l'expression de Joanne, Livia sait qu'elle les croit. Sa mère et Richer, également. « Super ! pense-t-elle. Ils pensent tous que j'ai rêvé ou que j'ai inventé ça. » C'est comme pour l'aventure du sous-sol.

— Bon, vous pouvez rester ici toute la nuit si vous voulez, dit Karl. Mais moi, je vais finir d'écouter ma cassette et puis essayer de prendre un peu de repos.

— Moi aussi, dit Diane.

Ils s'en vont.

— Bon ! dit légèrement la mère de Livia, je suppose qu'on devrait tous retourner se coucher. Qu'en penses-tu, Livia ? Seras-tu capable de t'endormir, maintenant ?

Livia regarde Joël, espérant obtenir quelque support de sa part, mais il est au milieu d'un bâillement à se décrocher la mâchoire.

— Bien sûr, répond-elle. Ça va aller.

Ils s'attendent peut-être à ce qu'elle s'excuse de les avoir dérangés, mais elle ne le fera pas.

— Bonne nuit, se contente-t-elle de dire.

De retour dans sa chambre, Livia s'appuie un moment à la porte, attendant que la colère diminue en elle. Puis elle va ramasser l'oreiller près de la garde-robe. Son calepin est encore dans la taie. Elle l'avait oublié au moment de lancer l'oreiller et elle est contente de voir qu'il n'est pas tombé et que Richer ne l'a pas trouvé.

Elle remet l'oreiller sur le lit, puis déplace des vêtements pour inspecter le fond du placard. La lumière de la garde-robe est restée allumée et elle peut voir le contour du panneau dont parlait Richer. Il n'y a ni charnières ni poignée. Ils doivent être de l'autre côté. Elle pousse sur le panneau, mais il ne s'ouvre pas. Le panneau est aussi grand qu'elle. Une personne n'a qu'à se pencher un peu pour traverser. Et s'il y a une poignée de l'autre côté, on la tire pour refermer. C'est simple.

Simple et effrayant. Livia ne croit pas que quelqu'un l'essaierait encore mais, juste au cas où, elle porte sa grosse valise dans la garde-robe et la place devant le panneau.

Livia s'assied sur le lit, puis saute en bas immédiatement. Elle sait qu'elle ne dormira pas, pas tout de suite en tout cas. Elle est trop fâchée, et assoiffée.

Livia quitte silencieusement sa chambre et descend l'escalier. Elle entend des voix et, quand elle atteint le bout du corridor, elle aperçoit une lumière en bas. Elle aurait continué son chemin si elle n'avait entendu mentionner son nom. Sans un bruit, elle descend à mi-escalier et écoute.

— Je sais, dit sa mère, mais elle ne veut pas m'en parler.

116

— Quand des enfants se confient-ils à leurs parents ? demande Joanne.

— Elle est devenue si susceptible, dit Patricia. Même avant qu'on ne vienne ici. J'espérais que le voyage l'aiderait, mais maintenant je n'en suis plus sûre. Je sais que la rampe s'est vraiment cassée, mais le sous-sol ? Et cette nuit ? Elle réagit comme si c'étaient des pièges au lieu d'être des accidents.

— Je suis persuadée que les choses iront mieux quand vous serez rentrés chez vous, dit Joanne.

— Je pense que Joanne a raison, dit la voix de Richer. Livia a eu des épreuves : la mort de son père, notre mariage. Il est normal qu'elle ait des hauts et des bas. Je ne crois pas que ce soit sérieux.

Livia entend sa mère soupirer et dire qu'elle espère que sa fille n'est pas prête à être placée en institution. Livia en a entendu assez. Elle n'a plus soif. Elle retourne s'asseoir sur son lit.

Elle doit rester calme.

Richer est vraiment quelque chose. La défendant, prétendant être si compréhensif. Quand, tout ce temps, il est celui qui la fait paraître folle.

Livia en est certaine maintenant. La rampe, le sous-sol et l'apparition dans sa garde-robe, tout est l'œuvre de Richer. Elle avait raison de le soupçonner dès le début. Il connaît la maison mieux que personne. À leur arrivée, il avait demandé à faire un grand tour de la maison. Joanne ne s'est pas rappelée où était le passage secret, mais elle en avait parlé. Et Richer l'a trouvé.

Livia se demande ce qui lui a mis la puce à

l'oreille. La conversation téléphonique avec Martine, le calepin, Martine elle-même? Cela n'a pas d'importance. Ce qui est important, c'est qu'il sait. Et qu'il veut se débarrasser d'elle.

Évidemment, il ne la tuera pas tout simplement. Non, il est plus intelligent que ça. Il va s'arranger pour que des choses «inexplicables» lui arrivent, la rendant nerveuse et susceptible.

Puis, quand il la tuera, tout le monde croira qu'elle l'a fait elle-même.

La meilleure partie de son plan, c'est que personne ne la croira si elle l'accuse. Après tout, il est l'homme le plus charmant du monde. Tous l'aiment et le respectent, même Karl. Richer est même venu à la défense de Livia quand sa propre mère pense qu'elle commence à perdre la raison.

Quand Livia perdra vraiment la raison, selon son plan, il secouera la tête et semblera très triste de s'être autant trompé à son sujet.

— Je suppose que tu avais raison, Pat, dira-t-il. Je suis si désolé.

Si désolé. Livia essaie de faire taire la voix imaginaire. Jusque là, elle se tenait toute crispée, mais elle commence à trembler. Elle s'enserre de ses bras et tente de retrouver son calme. Elle ne doit pas être effrayée, pas maintenant. Si elle est effrayée, elle ne sera pas prudente. Et elle doit être prudente, elle doit surveiller Richer, ne jamais rester seule avec lui, ne jamais le laisser deviner qu'elle sait. Il est en train de monter sa mise en scène. Il ne pourrait la tuer ici et impliquer les Valois. Non, il attendra qu'ils soient de retour à la maison et qu'elle y soit seule.

Alors elle est en sécurité pour l'instant. Si seulement il y avait quelqu'un à qui elle pourrait parler, quelqu'un qui la croirait.

Le tremblement diminue graduellement et Livia s'étend sur le lit. Elle laisse la lumière allumée et surveille la porte, attendant le matin.

* * *

La maison est tranquille quand Livia descend le lendemain matin. Elle se souvient que Richer parlait de réparations sur le toit, mais elle n'entend aucun bruit.

La cuisine est vide. Sur le réfrigérateur, Livia aperçoit un message avec son nom. C'est de sa mère. Patricia et Joanne sont allées au centre commercial, dit le message. Alain a dû quitter très tôt pour une vente; il sera de retour vers treize heures trente environ. Que Livia s'amuse aujourd'hui.

S'amuser. Elle n'en est pas sûre mais, puisque Richer n'est pas là, elle peut appeler Laflèche. Elle quitte la cuisine.

Dans le salon, elle s'installe sur le divan et prend le téléphone sur ses genoux. Elle sort son calepin de sa poche et y cherche les indicatifs régionaux. Elle révise encore une fois l'histoire qu'elle va raconter, puis elle appelle l'assistance-annuaire.

Elle a le bon indicatif dès son premier essai. La téléphoniste lui donne le numéro de l'école à Laflèche, en Saskatchewan. Livia l'inscrit et, avant de pouvoir se convaincre de ne pas le faire, elle compose le numéro. Elle a de la chance : la secrétaire qui lui répond est parfaitement bilingue. La conversation peut avoir lieu en français.

— C'est assez compliqué, explique Livia. Mais mon père est allé à votre école dans les années soixante et j'essaie de retracer certains des amis dont il m'a parlé pour organiser une fête-surprise.

— Comme c'est gentil ! dit la secrétaire.

— Oui, bien, je me demandais… dit Livia. Vous n'auriez pas des listes d'élèves qui remontent si loin dans le temps, n'est-ce pas ?

À l'autre bout du fil, la secrétaire rit.

— Je parie que tu habites Montréal ou une quelconque grande ville comme ça. Vous vous imaginez que nous n'avons pas d'ordinateurs dans ce coin reculé du pays, hein ?

— Je ne voulais pas dire ça, dit Livia en riant aussi. Mais je pensais…

— Oh ! Ne t'en fais pas, dit la secrétaire. Dis-moi seulement ce que tu cherches et je te dirai si je peux t'aider.

— Le nom de l'ami de mon père est Alain Richer, dit Livia, après avoir pris une grande inspiration.

Elle donne les dates où Richer aurait été à cette école, puis elle s'adosse et attend que la secrétaire lui dise qu'ils n'ont aucun dossier au nom d'Alain Richer.

Après quelques minutes, la secrétaire revient en ligne.

— Bien, c'est une petite école, dit-elle. Alors ce

n'est pas difficile pour nous de garder contact avec nos élèves, mais j'ai bien peur…

— Il n'était pas à votre école? demande Livia.

— Oh! si, j'ai un Alain Richer dans mes listes d'élèves, dit la secrétaire. Mais je n'ai pas d'adresse à te donner.

Livia n'est pas sûre d'avoir bien entendu.

— Alain Richer est allé à votre école?

— Oui, répond la secrétaire. Mais ce que je dis, c'est que je ne peux rien t'apprendre d'autre. Tu voulais une adresse, n'est-ce pas? Pour pouvoir l'inviter à cette fête pour ton père?

Livia maîtrise sa voix assez longtemps pour pouvoir remercier la secrétaire. Puis elle raccroche et regarde fixement le téléphone. Elle repasse dans sa tête les paroles de la secrétaire, essayant de les rendre différentes, mais elles reviennent chaque fois pareilles.

Il y est allé. Alain Richer est allé à l'école de Laflèche, exactement comme il l'avait dit.

En ce temps-là, cependant, son nom n'était pas Alain Richer. C'était Adam Clet.

À moins que Livia n'ait tort. Oh! Seigneur, se trompe-t-elle sur son compte? Est-elle folle après tout?

— Olivia?

Livia tourne brusquement la tête et aperçoit Joël à l'entrée de la pièce. Ses lunettes de soleil sont baissées sur son nez, et il la regarde avec curiosité.

— Ça va? demande-t-il.

Livia secoue la tête.

Il regarde le téléphone, puis son regard revient sur elle.

— Qu'y a-t-il ? Est-ce… quelqu'un est-il malade ?

— Non, dit Livia en replaçant le téléphone sur la table. Personne n'est malade. C'est seulement…

Elle s'est levée. Elle se tait et respire péniblement.

Il traverse la pièce et lui prend la main.

— Viens, dit-il. On va ramer jusqu'au milieu du lac. Ce sera tranquille là-bas.

Livia acquiesce, et ils quittent la maison. Ils marchent jusqu'au lac sans dire un mot. Joël ne semble pas s'attendre à ce qu'elle parle, ce qui est bien, parce que les pensées de Livia sont si troublées que ce qu'elle dirait n'aurait aucun sens.

Au lac, ils montent dans un canot et Joël rame jusqu'à ce qu'ils soient au milieu du lac. Livia ne dit toujours rien.

Après un moment, elle se rend compte que Joël ne rame plus. Le canot ballotte doucement. Joël a remonté les rames et la regarde, le menton dans les mains, les coudes sur les genoux.

— Tu veux m'en parler ? demande-t-il. Tu n'es pas obligée. Je pensais seulement que tu le voudrais peut-être. Ou on peut se laisser dériver un moment et puis s'en aller. Quoi qu'il en soit… (Il sourit.) Tu peux ramer pour rentrer.

Livia réussit à sourire aussi et, soudainement, l'envie de parler à quelqu'un la submerge.

— C'est à propos de mon beau-père, dit-elle. Je pense qu'il est un meurtrier.

Chapitre 19

Livia raconte tout depuis le début, quand elle a vu le visage de Richer à *Les fugitifs de la Justice*. Elle essaie de parler calmement mais, de temps en temps, sa voix monte. Alors, elle s'arrête et attend jusqu'à ce qu'elle puisse la contrôler.

Elle ne regarde pas Joël très souvent. Il a mis ses lunettes sur sa tête et elle a peur de ce qu'elle pourrait voir dans ses yeux : le doute, l'incrédulité, peut-être même la moquerie. Elle regarde plutôt ses mains.

— Après avoir vu l'émission, je n'ai pas cessé de me répéter que je me trompais, dit-elle. Je n'aime pas Richer, et je pensais que c'était sans doute pour ça que j'étais prête à croire qu'il est Adam Clet. Mais je ne pouvais cesser de penser à leur ressemblance. As-tu remarqué les sourcils de Richer ?

— Tu veux dire comme il les lève toujours ? demande Joël en levant ses sourcils.

— C'est ça. Et il penche la tête. Et il a cette tache de naissance sur la main. L'as-tu vue ?

Joël acquiesce.

— Bien, Clet a exactement la même chose : les sourcils et tout, dit Livia. Il y a autre chose aussi. Il a dit qu'il est allé à l'école au Manitoba et puis il parle de la Saskatchewan. Et ses lunettes...

Livia s'arrête et sort le calepin de sa poche.

— Voilà, dit-elle en le tendant à Joël. J'ai tout écrit.

Joël ouvre le calepin tandis qu'elle continue à raconter.

— Je ne sais pas comment il a découvert que je le soupçonne. Il a dû m'entendre parler à Martine. Puis il a fouillé ma chambre et a trouvé le calepin. De toute façon, il sait. Je suis persuadée qu'il a fait quelque chose à la rampe pour qu'elle se casse, et il m'a enfermée dans le sous-sol, et il est venu dans ma chambre la nuit dernière.

— Tu ne penses pas que c'est Karl ? Ou Diane ? demande Joël, cessant de regarder dans le calepin. J'ai eu connaissance de ce qui s'est passé avec Alban. Je pensais que l'un d'eux te faisait ça.

— Je l'ai pensé, moi aussi, pendant un moment. Mais c'est ce que Richer veut que je pense. C'est vraiment pratique pour lui qu'ils soient fâchés contre moi. Il s'en sert. Mais c'est lui qui est après moi.

Elle lui détaille sa théorie : Richer essaie de l'effrayer et d'amener tout le monde à croire qu'elle a une autre dépression, puis il la tuera.

— Et les gens penseront que je me suis suicidée, explique Livia. J'ai... Je me suis effondrée quand mon père est mort. Depuis, ma mère me surveille.

Elle essaie que ça ne soit pas trop évident, mais je m'en rends compte. Elle craint que je ne déprime à nouveau et Richer est au courant. Ce sera facile pour lui de convaincre tout le monde que je me suis tuée.

— Et le coup de téléphone? Quand je suis arrivé au salon, tu tenais le téléphone et tu avais l'air vraiment bouleversée. Ça a rapport à tout ça, n'est-ce pas?

Livia acquiesce et lui raconte son appel à Laflèche. Elle aurait aimé ne pas avoir à le faire, mais elle ne peut le lui cacher.

— Je sais que ça a l'air que j'ai imaginé toute l'affaire, conclut-elle. Il est allé à cette école, comme il l'avait dit. Et s'il l'a fait, il n'est pas Adam Clet. Mais il l'est… je sais qu'il l'est.

— Je suppose que ce serait une sorte de coïncidence si un autre Alain Richer était allé à cette école, ou s'il y en avait eu deux, dit pensivement Joël.

— Oui, une trop grande coïncidence. Je ne peux expliquer Laflèche. Je ne vais pas essayer. Je sais que j'ai raison. Il est Adam Clet. Je l'ai su dès la minute où je l'ai aperçu à la télévision, même si je ne voulais pas y croire. Il a tué sa femme et sa belle-fille dans un incendie et s'est enfui et a … commencé une nouvelle vie. Ça semble impossible, mais il n'y aurait pas d'émissions comme *Les fugitifs de la Justice* s'il n'y avait pas de fugitifs. Il est l'un d'entre eux et, dès que j'aurai reçu les articles de Martine, je suis sûre que je pourrai le prouver.

Joël lui rend son calepin et ils restent assis en silence. Puis il dit:

— Bizarre. Vraiment…

Il secoue la tête, comme s'il ne pouvait trouver d'autre mot pour décrire la situation.

— Étrange, je sais, dit Livia.

— Pas étonnant que tu sois prête à perdre les pédales. Je suis désolé, je ne le pensais pas comme c'est sorti, ajoute-t-il vivement. Je voulais dire que je ne te blâme pas d'être…

— Susceptible ? dit Livia avec un petit sourire. Nerveuse ? Hystérique ?

— Ouais, approuve-t-il. Bien, peut-être pas hystérique. Si je pensais que quelqu'un veut me tuer, je serais en moins bon état que toi.

Il se penche vers elle, faisant ballotter le canot, et il prend sa main.

— Ne lâche pas, Livia, dit-il. Si tu penses que je peux t'aider, dis-le-moi.

Livia serre sa main en remerciement et, après un moment, il se redresse et saisit les rames. Ils sont silencieux tous les deux. Livia se sent soulagée d'avoir parlé et elle imagine que Joël repense à tout ce qu'elle lui a révélé. Elle est sûre qu'il ne s'attendait pas à ça.

Tandis qu'ils quittent le lac et marchent vers la maison, Joël commence enfin à parler. Pas à propos de ce qu'elle lui a dit, mais de musique et de cinéma et d'école, des sujets qu'ils n'avaient jamais abordés auparavant. Livia en apprend beaucoup à son sujet: il fait partie de l'équipe de cross-country; il aime la littérature et le rock; sa couleur préférée est le bleu; il n'est pas bon en espagnol, lui non plus.

Livia est intéressée, mais elle serait plus intéressée à savoir ce qu'il a pensé de son histoire. Il n'en parle pas. Sur le lac, il a été surpris, confus, sympathique, tout ce qu'elle attendait et espérait. Il a eu toutes les bonnes réactions.

Mais, pas une fois, il n'a dit qu'il la croyait.

Livia ne peut s'empêcher de se demander si ça a été une erreur de lui en parler.

Il est midi quand ils arrivent à la maison. Joël a des choses à faire, alors Livia se fait un sandwich et l'apporte dans sa chambre pour manger. Quand elle l'a terminé, elle dépose l'assiette par terre et s'étend sur le lit. Elle n'a pas dormi plus d'une heure ou deux la nuit dernière. Elle s'endort dès que sa tête touche l'oreiller.

Elle aurait dormi tout l'après-midi si ce n'était du martèlement. «Ce ne peut être la rampe, se dit-elle, ensommeillée. Richer l'a déjà réparée.»

Richer. Le nom de son beau-père éveille Livia complètement et elle s'assied, le cœur battant. Elle ne peut croire qu'elle s'est endormie sans mettre quelque chose devant sa porte pour s'assurer qu'elle l'entendrait s'il entrait.

Livia se lève, manquant de peu de mettre le pied dans l'assiette, et va ouvrir la porte. Le corridor est vide. Elle referme la porte et regarde dans la garde-robe. La valise n'a pas été déplacée.

Le martèlement reprend, alternant avec un bruit de frottement, et Livia comprend finalement d'où il provient. Le toit. Richer est sans doute là-haut, occupé à quelques réparations.

Regardant dehors, Livia aperçoit une échelle d'aluminium appuyée contre la maison, à quelques mètres de sa fenêtre. Le chat est sur le patio, se chauffant au soleil. Joël apparaît, un marteau pendu à l'une des ganses de son jean. Il monte à l'échelle.

Sa fenêtre n'est ouverte que de quelques centimètres et Livia commence à l'ouvrir plus grand, puis décide de n'en rien faire. Le bruit pourrait surprendre Joël et lui faire perdre l'équilibre. Il monte prudemment, regardant en haut. Elle l'entend dire :

— Monsieur Richer ? Je monte. Vous voulez tenir l'échelle là-haut ?

Il y a un bruit de râclement, puis Livia entend Richer dire :

— Je la tiens. Monte. As-tu pris la pince ?

— Flûte, non, je l'ai oubliée, dit Joël. Bon, je vais…

— Non, non, laisse faire, dit Richer. La plupart des gouttières s'enlèvent facilement. On peut aller la chercher tout à l'heure si on en a besoin.

Joël continue à monter et, s'approchant de la fenêtre de Livia, il y jette un coup d'œil. Il l'aperçoit.

— Hé, Olivia ! dit-il. Il y a une pince sur la table de cuisine. As-tu le vertige ?

Livia ouvre la fenêtre et dit :

— Non. Veux-tu que je te l'apporte ?

— Ouais, ce serait super. Je déteste les hauteurs.

Joël lui fait une grimace et disparaît à la vue de Livia.

Livia se demande pourquoi Joël aide son beau-père après ce qu'elle lui a raconté. La grimace est-elle destinée à lui faire comprendre qu'il n'avait pas le choix?

Livia trouve la pince dans la cuisine. Elle sort sur le patio. Le chat est encore là, regardant le toit. Livia le caresse entre les oreilles, puis se dirige vers l'échelle.

Suspendant la pince à une ganse de son jean, Livia donne une secousse à l'échelle pour s'assurer qu'elle est bien d'aplomb. Puis elle commence à grimper, la pince frappant bruyamment chaque échelon. Après avoir dépassé les fenêtres du premier étage, Livia crie:

— J'arrive! Joël?

Elle entend des bruits et imagine qu'ils doivent être sur une autre partie du toit. Elle continue à monter, arrivant au niveau des fenêtres de sa chambre.

Cinq échelons plus haut, les yeux de Livia sont au niveau de la gouttière. Il est clair que celle-ci n'a pas été nettoyée depuis des années: des feuilles pourries et des brindilles la remplissent.

Livia monte un autre échelon et la gouttière lui vient à la taille. Il ne reste qu'un échelon, que Livia franchit. Le toit est légèrement en pente. Ce qu'elle a dit à Joël est vrai: elle n'a pas le vertige. Mais monter sur un toit en pente est une autre affaire. Elle décide de déposer la pince tout simplement et de les laisser venir la chercher.

Pour prendre la pince, cependant, elle doit la retirer de la ganse de son jean. Et cela signifie lâcher l'échelle. Précautionneusement, Livia essaie de libérer la pince d'une main mais elle reste prise dans la ganse.

« D'accord, deux mains » pense-t-elle. Elle s'appuie de toute sa masse à l'échelle et essaie d'enlever la pince sans regarder. L'échelle vibre à chaque mouvement, et Livia lâche la pince pour se retenir.

Ce serait plus sécuritaire de s'asseoir sur le toit et, là, d'enlever la pince.

Lentement, Livia avance un genou par-dessus la gouttière et le pose sur le toit. Voilà qui est bien. Puis elle met ses mains à plat sur le toit et pousse, amenant son autre genou en l'air et tentant de se tourner en position assise. Son genou heurte l'échelle et Livia entend un son grinçant lorsqu'elle glisse le long de la gouttière. Mais elle ne peut rien y faire.

Ça arrive si vite que Livia n'a même pas le temps de crier.

Elle sent quelque chose bouger sous son genou et, soudain, elle bascule vers l'arrière. Ses doigts s'agrippent aux bardeaux, mais elle glisse trop vite et les bardeaux échappent à sa prise. Ses jambes passent par-dessus le bord du toit. Puis ses coudes frappent quelque chose de pointu. Elle étend ses doigts à nouveau et les referme sur le rebord de la gouttière.

Livia a gardé les yeux ouverts durant l'interminable minute que sa glissade a duré. Mais maintenant elle les ferme. Elle sait qu'elle va tomber. La gouttière est vieille et rouillée. Elle va se casser et Livia va tomber sur le ciment du patio. Elle se demande si le chat regarde encore.

Quelqu'un crie.

Cela lui prend une seconde pour se rendre compte que c'est sa propre voix. Quand elle sait qu'elle ne tombe pas encore, elle ouvre les yeux et crie à nouveau.

Cela semble une éternité jusqu'à ce qu'elle entende une voix dire :

— J'arrive, Livia. J'arrive.

Mais ce n'est pas la voix qu'elle a envie d'entendre.

C'est la voix de Richer.

Livia lève les yeux et aperçoit son beau-père assis sur le toit, s'approchant d'elle. Après lui avoir dit qu'il arrivait, il ne dit plus rien. Elle ne peut voir son visage, mais elle n'en a pas besoin.

Il ne vient pas pour l'aider, il vient pour la pousser en bas.

Il vient pour la tuer.

— C'est parfait, n'est-ce pas ?! dit-elle avec des sanglots. Tu vas essayer de me sauver, mais tu ne réussiras pas !

Il ne dit rien, se contentant de se rapprocher d'elle. Elle sait ce qu'il pense. Il n'aura pas besoin de faire croire à un suicide maintenant. Il tordra ses doigts ou les piétinera ou détachera la gouttière. C'est l'occasion parfaite de se débarrasser de la belle-fille qui a découvert son secret.

Ça ne lui prendra que quelques secondes. Ils sont seuls, personne ne verra ce qui s'est vraiment passé. Joël devrait être là, mais il n'y est pas. Où est-il ? Où est Joël ?

Richer est proche. Il balance sa masse et tend le bras vers elle.

— Livia, lâche tout ! dit-il.

Livia peut voir son visage à présent. Il est calme et tranquille. Il n'est même pas tendu.

Mais ce sont ses yeux qui l'effraient le plus. Ses yeux brun clair sont grand ouverts, regardant droit dans les siens. Elle peut les voir briller d'une sorte d'émotion. Pas de peur. Pas de colère.

Ils brillent de triomphe.

— Lâche tout et donne-moi la main, dit-il.

Elle sent la gouttière lui couper la peau. Ses ongles sont enfoncés dans la boue et les feuilles pourries, mais ses paumes sont brûlantes et doivent saigner. Livia ne désire rien de mieux que de lâcher prise et de tendre la main. Mais pas vers la main meurtrière de Richer.

— Joël ! hurle-t-elle. Joël !

— Lâche tout, Livia, dit Richer, les yeux toujours brillants. Je suis là. Je vais le faire.

— Joël ! crie Livia.

Et puis elle entend la voix de Joël qui lui répond.

— Lâche tout, Livia, crie Joël. Prends sa main !

Livia ne le voit pas, mais elle sait que, lui, il peut la voir. Donc Richer ne peut faire ce qu'il voudrait. Pas maintenant. Elle regarde Richer. Son visage n'a pas changé. Mais la brillance quitte ses yeux.

Il a perdu.

Cette fois, il a perdu et il le sait, ses yeux sont mats et vaincus. Avec un son qui oscille entre un rire et un sanglot, Livia lâche la gouttière, tend le bras et sent la main de Richer se refermer sur la sienne.

Chapitre 20

L'échelle a glissé mais est encore appuyée contre le mur. Après que Richer ait sauvé Livia, Joël avance sur le toit et redresse l'échelle, puis il descend sur le patio.

— Ça va ! crie-t-il. Elle tient bien. Descends, Livia.

— Laisse-la reprendre son souffle, dit Richer.

— Non, dit Livia en repoussant ses cheveux. Je veux descendre tout de suite.

— Livia, tu trembles, dit Richer d'une voix doucereuse. Attends quelques secondes et…

— Je descends tout de suite, répète Livia.

Elle voudrait lui crier après, mais il ne lui reste pas assez de souffle. Ils sont assis, les pieds contre la gouttière. Quand elle roule sur le côté pour se mettre à genoux, il la tient par la taille.

— Vas-y, dit-il. Je vais te tenir jusqu'à ce que tes pieds soient sur l'échelle.

Livia trouve le haut de l'échelle avec ses orteils. Bientôt, elle a complètement quitté le toit, sa tête est à la hauteur de la gouttière. Elle regarde Richer et lui dit :

— Ça a failli fonctionner, hein ?

— Quoi ?

Il commence à lui dire quelque chose. Puis il secoue la tête et dit :

— Descends, Livia.

« Je n'aurais pas dû lui dire ça » se dit Livia en descendant. Richer sait ce qu'elle veut dire, mais il fait semblant que non. Il le rapportera à sa mère, naturellement, et ce sera un autre morceau de preuve que Livia perd la raison.

Quand elle atteint le dernier échelon, Joël met son bras autour de ses épaules. Son pied touche le solide ciment du patio. Elle s'appuie quelques secondes contre Joël.

— Merci, murmure-t-elle finalement.

Il resserre son bras.

— Je suis content que tu sois sauve. Mais je n'y suis pour rien.

Livia s'éloigne de lui et regarde en l'air. Richer quitte le toit pour descendre.

— Tu as plus fait que tu ne crois, dit-elle à Joël.

Elle se détourne et marche vers la porte. Le chat est encore sur le mur.

— À qui est ce chat ? demande-t-elle.

— Quoi ? dit Joël.

Il a l'air étonné, il ne s'attendait pas à ce genre de question de la part de quelqu'un qui est presque tombé du toit.

— Le chat ? Il appartient aux voisins, dit-il. C'est un monstre.

— Je l'aime bien.

Le chat fouette la queue et Livia lui sourit. C'est peut-être un salut, d'un survivant à un autre.

Livia se lave les mains dans la cuisine quand arrive Joël. Il prend une bouteille d'antiseptique en atomiseur. Quand Livia s'est essuyé les mains, il les tient gentiment et les asperge de produit médicamenteux.

— Pas trop mal, dit-il. Ce sont surtout des égratignures. Je te mets des pansements ?

Livia secoue la tête.

— Livia…

— Où est Richer ? l'interrompt-elle.

— Il range l'échelle, je crois, répond Joël. Livia, que s'est-il passé là-haut ?

— J'ai glissé.

— C'est ce que je pensais, dit-il. Mais je veux dire plus tard. Quand tu ne voulais pas lâcher la gouttière.

Livia a réussi à retirer la pince de la ganse de son jean. Elle flanque l'outil sur la table.

— As-tu vraiment besoin de me poser cette question après tout ce que je t'ai dit ce matin ?

Joël commence à répondre quelque chose mais Livia ne le laisse pas continuer.

— Tu ne me crois pas, dit-elle. Je sais que tu ne me crois pas et je suppose que je ne peux pas t'en vouloir. Mais ne t'attends pas à ce que je reste ici à t'écouter me dire que Richer m'a sauvé la vie et que je dois lui en être reconnaissante. *Tu* m'as sauvé la vie, d'accord ? Si tu n'avais pas été là… Je dois m'en aller.

— Quoi ?

Livia est déjà à la porte.

— Je dois m'en aller d'ici, répète-t-elle. Je rentre chez moi.

Livia se précipite en haut de l'escalier. Elle ne fera pas ses bagages, tout ce qui lui faut c'est sa sacoche avec de l'argent et son permis de conduire.

En chemin, elle entre dans la chambre de Joanne et saisit le téléphone sans fil. Elle doit d'abord appeler Martine. Si elle n'a pas encore posté les articles, Livia lui dira de ne pas le faire. Connaissant Martine, Livia pense qu'il y a de fortes chances qu'elle ne l'ait pas encore fait. Si elle l'a fait, Livia n'y peut rien. Elle ne restera pas ici à les attendre.

Elle aurait dû partir avant. Elle n'aurait jamais dû venir ici.

Elle n'est pas en sécurité, pas avec son beau-père dans les parages.

Livia s'enferme dans sa chambre et compose le numéro de Martine.

C'est la mère de Martine qui répond à la sixième sonnerie. Elle semble fatiguée.

— Madame Ryan, c'est Livia. Martine est-elle là ?

Livia entend la mère de Martine soupirer.

— J'ai bien peur que non, Livia, dit-elle. Martine voulait que je t'appelle, mais je viens de rentrer de l'hôpital et je n'ai pas eu le temps de trouver ton numéro.

— L'hôpital ? Qu'est-il arrivé ?

— Bien, je ne connais pas encore tous les détails, dit madame Ryan. Mais Martine s'en sortira.

— *Martine* est à l'hôpital? Qu'est-il arrivé? demande à nouveau Livia.

— Elle avait rendez-vous chez le dentiste ce matin, explique madame Ryan. Elle a stationné la voiture dans le stationnement souterrain; tu connais l'endroit, ta famille va chez le même dentiste.

— Oui.

— Eh bien, Martine dit qu'elle venait de sortir de la voiture et se dirigeait vers l'ascenseur. Soudainement, une autre voiture a surgi de nulle part, semble-t-il, et a carrément... a carrément foncé sur elle, dit-elle.

La voix de madame Ryan se casse et elle prend une seconde pour se calmer.

— Bien, reprend-elle, Martine a eu peu de temps pour réagir. Elle a été très chanceuse.

— Vous voulez dire que la voiture l'a heurtée?

— Sur le côté, dit madame Ryan. C'est arrivé si vite. Elle l'a entendue et ne l'a vue que du coin de l'œil. Martine bougeait, alors la voiture ne l'a pas frappée de plein fouet. Quand Martine est tombée, elle s'est cogné la tête très sérieusement. En fait, elle est restée inconsciente durant un moment. Le médecin veut la garder en observation à l'hôpital toute la nuit.

— Dieu merci, elle n'a rien, dit Livia. Et la voiture? Qu'est-ce que le conducteur a dit?

— Le conducteur n'avait rien à dire parce qu'il n'est pas resté! C'est le préposé du garage qui a trouvé Martine, mais c'était la pause quand c'est arrivé et personne n'a vu la voiture. C'est un délit de fuite, Livia. Je ne peux toujours pas le croire.

Soudainement, Livia se sent glacée.

Un délit de fuite, oui. Mais pas un accident.

Elle sait. Elle sait qui conduisait la voiture.

— Madame Ryan, je rentre à la maison, dit Livia. Je veux aller voir Martine. Est-ce que je peux ?

— Bien sûr, répond madame Ryan. Elle s'en tirera. Elle ne veut même pas rester là, elle sera contente de te voir.

Madame Ryan lui donne le nom de l'hôpital et le numéro de la chambre de Martine, et elles se disent au revoir. Livia prend sa sacoche et dévale l'escalier. Joël tourne le coin de la maison au moment où elle sort. Elle l'entend crier son nom, mais elle ne s'arrête pas. Elle prend la voiture de sa mère. Karl arrive en moto, mais Livia ne ralentit pas. Karl fait un écart, l'air surpris et indigné.

Quand elle est hors d'Ayer's Cliff, Livia se détend, un peu. Richer ne sait même pas qu'elle est partie.

Elle est en sécurité pour un moment.

Ses paumes sur le volant la font souffrir mais elle n'y prête guère attention. Elle est trop occupée à penser à Martine. Ils ont tous entendu le message que Martine a laissé hier : qu'elle allait chez le dentiste ce matin et qu'elle passerait ensuite au bureau de poste.

Mais seulement deux personnes savaient ce qu'il signifiait : Livia et Richer. Richer est parti tôt ce matin, il savait où trouver Martine puisqu'ils ont le même dentiste.

Il y est allé et l'a attendue.

« Il en avait après les articles de journaux » se dit Livia. Il a dû les prendre dans la voiture de Martine quand elle était inconsciente. Mais même s'il les a, Livia est quand même un danger pour lui et il le sait. Il a dû détester la sauver sur le toit. Joël a ruiné une occasion parfaite pour lui.

Richer doit être désespéré maintenant. Toutes ces années, il a dû guetter dans les yeux des gens l'indice qu'il était reconnu.

Il n'aurait pas pensé être démasqué par sa propre belle-fille.

Martine a un bleu sur la joue et un bandage au coude. À part cela, elle semble bien.

— Ne demande pas à voir ma hanche gauche, dit-elle à Livia.

— Pourquoi te gardent-ils ici ? lui demande Livia.

— Le docteur Blain dit que j'ai une légère commotion, explique Martine. Elle veut être certaine que je ne me mets pas à délirer. Je m'ennuie. Ici, tous les médecins masculins sont nuls. Comme ça se fait ? Ils sont toujours superbes à la télé.

— Tu trouveras peut-être un bel interne, dit Livia en riant. Hum… Martine, as-tu vu qui t'a frappée ?

— La police m'a posé la question une centaine de fois. Mais j'étais trop occupée à m'ôter du chemin.

— Je suis si contente que tu n'aies rien.

— Moi aussi, dit Martine, puis la regardant curieusement: Pourquoi es-tu revenue?

— Pour te voir, qu'est-ce que tu penses? dit Livia. J'appelle chez toi et ta mère m'apprend ce qui t'est arrivé.

— Je devine pourquoi tu appelais. L'enveloppe, hein? Livia, je suis désolée, mais je ne l'ai pas postée, dit Martine en soupirant.

— Bien sûr, Martine, comment l'aurais-tu pu? Tu as été frappée par une voiture, tu te souviens?

— Non, je veux dire, je ne l'avais même pas emportée avec moi, explique Martine. Je voulais le faire. Mais j'ai oublié. L'enveloppe est toujours à la maison.

— Eh bien, ne te sens pas coupable! dit Livia. Si quelqu'un doit se sentir coupable, c'est moi.

— Pourquoi?

— Parce que si ce n'avait été de l'enveloppe…

Livia s'arrête. Elle ne sait pas si Martine la croirait et, de toute façon, il vaut mieux ne pas l'inquiéter en plus de ce qui lui est arrivé.

— Rien, dit Livia. Je ne sais pas de quoi je parle. Écoute, l'infirmière m'a regardée de travers parce que les heures de visite sont presque terminées. Je m'en vais mais je reviendrai demain, d'accord.

— Appelle-moi à la maison, pas ici. Mais attends, retournes-tu à Ayer's Cliff?

— Non. Je ne peux t'expliquer pourquoi maintenant. Mais je le ferai. Je pourrai bientôt tout expliquer.

Après être allée chercher l'enveloppe chez

Martine, Livia rentre chez elle. La maison lui semble différente, comme toujours après un voyage.

Livia s'assied à la cuisine. L'enveloppe est sur la table devant elle. Ses mains tremblent légèrement tandis qu'elle arrache le papier adhésif que Martine a mis et qu'elle sort la deuxième enveloppe, celle du journal.

« Ça y est » pense-t-elle en l'ouvrant. Elle va trouver la clé qui donne accès au passé d'Alain Richer.

Chapitre 21

Livia retire plusieurs feuilles de papier, attachées ensemble. Les articles ont été photocopiés, et elle passe quelques minutes à les placer en ordre, ses yeux les parcourant rapidement en le faisant.

Le premier article traite de l'incendie, bien sûr, et des morts de Suzanne et de Camille Clet. Leurs photos sont brouillées à cause de la photocopie. L'article ne mentionne Adam Clet que pour signaler qu'il n'a pas encore été averti. Livia passe impatiemment au deuxième article.

Celui-ci a fait la première page du journal et le titre est: *Questions au sujet de l'incendie Clet; le mari est recherché.* Mais l'article ne révèle rien sur Adam Clet.

Deux autres articles parlent de l'assurance-vie, décrivent comment l'incendie a été préparé, annoncent que Clet a disparu et qu'il est recherché pour interrogatoire au sujet de la mort de sa femme et de sa belle-fille.

D'autres articles commencent à donner des renseignements sur Adam Clet lui-même. Livia lit les articles en diagonale, cherchant des détails qui permettraient de relier Clet à Richer. Mais Livia est déçue, les personnes interrogées — des collègues de travail — ne disent rien de spécifique. Les parents de Clet sont morts; il n'a ni frère ni sœur. Il a été dans l'armée. Les amis de Suzanne Clet disent qu'elle semblait heureuse avec lui, qu'il était très gentil. En fait, ils ne le connaissent pas vraiment.

«Personne ne le connaît vraiment, sauf moi» songe Livia. Elle commence à remettre les feuilles en ordre, s'apprêtant à les relire à nouveau, pour s'assurer qu'elle n'a rien manqué.

Quand elle voit la photo.

Elle est comme toutes les autres, sombre et brouillée. Livia ne l'avait pas regardée attentivement. Maintenant, elle le fait.

C'est la photo de deux hommes, se tenant ensemble. L'un des hommes est Richer. Livia en est sûre. Sa tête est penchée et ses sourcils relevés. Ses mains ne sont pas visibles, alors on ne voit pas la tache de naissance. Mais Livia n'en a pas besoin. Cet homme est son beau-père.

Le regard de Livia dévie vers la légende accompagnant la photo. Elle croit d'abord qu'elle n'a pas bien lu. Elle la relit.

Cette fois, elle ressent un choc, comme si elle avait été frappée. Elle a bien lu.

Et elle comprend sans l'ombre d'un doute qu'elle a raison depuis le début.

La légende dit: *Adam Clet et un compagnon d'armes, Alain Richer, qui est mort en mission.*

Livia a envie de rire. Elle a envie de pleurer et de crier et de rire tout en même temps.

Alain Richer est mort. Et son beau-père le savait. Il a pris le nom de son ami et une partie de son passé, car qui pourrait le questionner ? Comment aurait-il pu deviner que, tant d'années plus tard, sa belle-fille verrait cette photo et téléphonerait à Laflèche ? Bien sûr qu'ils ont un dossier au nom d'Alain Richer. Il a fréquenté cette école.

Mais le vrai Alain Richer est mort depuis des années.

Son beau-père *est* Adam Clet.

Livia regarde toujours la photo quand elle entend un bruit de pas derrière elle.

Chapitre 22

La lumière s'éteint dans la cuisine. Livia trébuche en se levant brusquement de sa chaise. Mais au même moment, par derrière, un bras se glisse autour de son cou, pressant rudement sa gorge. Elle plante ses ongles dans ce bras, mais il porte des gants et un vêtement à manches longues. Elle ne lui fait aucun mal.

Elle donne un coup de pied, mais ne réussit qu'à renverser la chaise. Ses mains sont encore sur le bras et elle essaie de relever la manche pour le griffer. Mais maintenant l'autre bras est autour de sa poitrine et elle a de la difficulté à respirer.

Elle veut crier, mais elle manque d'air. Tout ce qui sort est un gémissement aigu. Livia tente de griffer son visage, pour *le* faire crier.

Sous ses doigts, c'est une étoffe. Il porte une cagoule. Livia s'accroche à l'étoffe, tentant de la lui enlever, mais il éloigne sa tête. Elle est collée contre lui, elle sent son ventre bouger dans son dos. Il rit.

Enragée, Livia attrape son bras et réussit à relever sa manche. Elle penche la tête et mord la peau tendre à l'intérieur du poignet.

Il ne crie pas. Mais elle l'entend grogner de douleur. Il retire son bras. Elle essaie de lui échapper en se baissant, mais il resserre sa prise autour de sa gorge.

Furieuse, terrifiée, Livia lève à nouveau les bras. Comme des serres, ses doigts attrapent la cagoule. Elle ne la lâchera pas cette fois.

Elle sent la peau sous l'étoffe et elle y rentre les doigts aussi fort qu'elle le peut. Pinçant. Griffant.

Il siffle entre ses dents. Livia sait qu'elle le blesse. Ça lui donne de la force. Elle lève la jambe et retombe durement sur son pied. Elle enfonce ses doigts dans son visage et, cette fois, il desserre sa prise.

Elle se débat dans ses bras. Elle sent la cagoule glisser, et la tire. D'un sursaut d'énergie, elle se retourne et lui fait face. Elle lui arrache la cagoule et s'enfuit de l'autre côté de la table.

La cuisine est sombre.

Mais Livia n'a pas besoin de lumière pour voir le visage de son beau-père. Il n'y a que la table entre eux.

— Je le savais que c'était toi, lui dit-elle. Et je sais ce que tu voulais faire. Tu allais me tuer et maquiller cette mort en suicide.

Il ne dit rien. Il ne bouge pas.

— Je sais qui tu es ! crie Livia. Tu es Adam Clet.

— Tu es très perspicace, Livia. C'est vraiment dommage pour toi. Juste par curiosité : comment l'as-tu deviné ? D'où te sont venus tes soupçons ?

— D'une émission, dit Livia. Je t'ai vu à *Les fugitifs de la Justice*. Tu es célèbre.

— Adam Clet est célèbre, dit-il. Pas Alain Richer.

Il va essayer de la tuer. Elle ne peut s'enfuir.

— Je parie que tu voudrais n'avoir jamais vu cette émission, dit Richer. Si tu ne l'avais pas vue, tout irait bien.

— Comment as-tu deviné que je savais? lui demande-t-elle. Tu as écouté la conversation quand j'ai appelé Martine d'Ayer's Cliff, hein?

— Je trouvais que tu agissais bizarrement bien avant ça. Tu avais toujours été froide avec moi alors, quand tu as commencé à poser des questions sur mon passé, ça m'a intrigué. Mais je n'en ai été sûr que quand j'ai écouté cette conversation, effectivement. Puis j'ai trouvé ton calepin. Tu aurais dû être plus prudente, Livia.

— Tu as voulu écraser Martine, juste pour m'empêcher d'avoir ces articles de journaux, dit Livia. Tu as décloué la rampe. Tu m'as enfermée dans le sous-sol et tu t'es introduit dans ma chambre. Tu essayais de prouver que je perdais la raison.

— Ça fonctionnait.

— Ça ne fonctionnera plus maintenant. J'avais raison. Tu allais me tuer ici et maquiller le crime en suicide. Mais ça n'ira pas. Je me défendrai. Tu devras me frapper. Ça paraîtra. Personne ne croira que je me suis tuée.

— Bien, tu ne le sauras jamais. N'est-ce pas, Livia?

Il s'avance, poussant la table contre Livia. Elle la reçoit sur les cuisses et recule se cogner au comptoir. Maintenant, il fonce sur elle, grimpant sur la table. Livia tente de se glisser dessous, mais il devine ce qu'elle veut faire et saute en bas, poussant à nouveau la table et la coinçant contre le comptoir.

Livia sent le bord du comptoir lui entrer dans le dos. Elle cherche derrière elle quelque chose à lui lancer. Sa main cogne le bloc de bois hérissé de couteaux.

Un cadeau de son beau-père à sa mère.

Les doigts de Livia se referment sur le manche d'un couteau. Elle le pointe vers lui au moment où il s'avance à nouveau.

Le bout du couteau pique sa joue.

Il s'arrête. Lentement, il touche sa joue, puis regarde le sang sur ses doigts. Ensuite, il regarde Livia. Ses yeux brillent d'un éclat meurtrier.

Livia lève le couteau.

— Je vais te tuer! crie-t-elle. Ne pense pas que je n'oserai pas!

Elle le pense. S'il s'approche, elle le tuera.

Il ne s'approche pas. Mais il ne recule pas non plus. Livia a le souffle court, sa main tremble.

— Va-t'en! hurle-t-elle. Va-t'en d'ici!

Il s'avance alors. Livia tient le couteau serré, elle ouvre la bouche pour crier.

Soudain, ça sonne à la porte d'entrée. Livia sursaute à ce bruit, mais elle ne laisse pas tomber le couteau.

Son beau-père est en bas de la table en un éclair. Quand ses pieds touchent le sol, il repousse violemment la table contre Livia encore une fois. Puis il se détourne et court vers la porte arrière.

La sonnette résonne à nouveau. Puis quelqu'un frappe à la porte. Livia écarte la table en sanglotant. Elle verrouille la porte arrière. Puis elle sort de la cuisine et va allumer le porche. Elle tient toujours le couteau en main.

Joël se tient devant la porte d'entrée. Livia lui ouvre.

— Olivia. Livia! dit-il, d'un ton préoccupé.

Il baisse les yeux vers le couteau dont le bout est taché de sang. Il la regarde.

— C'est Richer, lui dit-elle. Il était ici. Il a essayé de me tuer. Il s'est enfui quand tu as sonné. Il allait me tuer!

Joël entre rapidement et met sa main sur son épaule.

— Ça va?

— Non. Oui.

— Tu as dit qu'il s'est enfui quand j'ai sonné. Reviendra-t-il? demande Joël en jetant un regard inquiet dans le corridor. Est-il encore dans les parages?

— Il ne reviendra pas. Il sait qu'il y a quelqu'un d'autre ici. Ça ne faisait pas partie de son plan. Il voulait juste m'avoir, et c'est trop tard, maintenant.

Joël la serre contre lui. C'est merveilleux.

— Comment se fait-il que tu sois ici? demande Livia.

— Je ne sais pas. Tu étais si contrariée et tu t'es enfuie. Je voulais m'assurer que tout allait bien.

— Dommage que tu ne sois pas arrivé un peu plus tôt, dit Livia en esquissant un sourire.

Elle s'appuie encore contre lui, puis se redresse et lui prend la main.

— Viens, dit-elle. Je vais te montrer.

Dans la cuisine, elle allume, puis elle ramasse les feuilles éparpillées et retrouve la photo.

— Regarde ça, dit-elle.

— Mon Dieu! s'exclame Joël. C'est *lui*.

Livia lui montre la légende.

— Tu vois? Adam Clet et Alain Richer. Ils étaient ensemble à l'armée. Mais Alain Richer est mort… On doit retourner chez toi. Je dois parler à ma mère! Je dois tout lui dire avant d'en parler à qui que ce soit d'autre.

Avant de partir, Joël appelle sa mère pour qu'elle sache qu'ils sont en route. Joanne dit que Richer a quitté brusquement pour affaires et qu'il n'est pas encore rentré. Le reste de la famille va souper chez des voisins.

Durant le voyage, Livia répond aux mille questions de Joël. De temps à autre, il lui serre la main. Livia se demande où est Richer. A-t-il disparu, comme il l'a fait plusieurs années avant?

Quand ils sont chez les Valois, Livia prend la main de Joël et lui demande:

— Viendrais-tu dans la chambre avec moi?

— Bien sûr. Mais il n'est pas là, Livia.

— Je sais. Mais j'ai quand même peur. Je ne cesse de revoir ce qu'il a fait. J'ai peur de rester seule.

La chambre est vide. Le téléphone est sur le lit, là où Livia l'avait abandonné. À l'instant où Livia s'assied à côté, il sonne. Livia bondit et décroche.

— Salut, Livia, dit son beau-père.

Livia se fige.

— C'est lui, chuchote-t-elle.

Joël la regarde, les yeux écarquillés.

— Tu as eu de la chance, dit Richer. Sais-tu à quel point tu as été chanceuse?

— Je sais, dit Livia, frissonnant au son de sa voix. Où es-tu?

— Tu ne t'attends pas vraiment à ce que je réponde à ça. Je n'ai pas beaucoup de temps. Ma raison d'appeler, c'est: dis au revoir à ta mère de ma part. Et Livia?

— Oui.

— Si on se rencontre à nouveau, tu n'auras pas autant de chance. Souviens-t'en.

Il y a un déclic. Il a raccroché.

Livia laisse tomber le téléphone.

— Qu'a-t-il dit? demande Joël. Il s'en va, hein?

— Il a dit que je n'aurais pas autant de chance la prochaine fois, dit Livia, les larmes aux yeux.

Joël la prend dans ses bras et dit:

— Il ne reviendra pas. Il ne l'oserait pas. Il s'en va et il ne reviendra jamais par ici. Tu es sauvée.

— Oui.

Quelques larmes roulent sur les joues de Livia, mais elle ne bouge pas. Bientôt, elle devra tout raconter à sa mère, à la police, à des centaines de gens. Mais cela peut attendre encore un peu.

Un mot sur l'auteur

Carol Ellis a écrit plus de quinze ouvrages pour les jeunes, dont *L'Admirateur secret*, *La fenêtre* et, à paraître prochainement, *Le camp de la terreur*. Elle vit à New York avec son mari et son fils.

Dans la même collection